王安石诗词集

【宋】王安石 / 著
汤会会 / 编著

江苏凤凰文艺出版社
JIANGSU PHOENIX LITERATURE AND ART PUBLISHING

图书在版编目（CIP）数据

王安石诗词集 / (宋) 王安石著 ; 汤会会编著 . --
南京 : 江苏凤凰文艺出版社 , 2020.8
(中国诗词大家系列丛书)
ISBN 978-7-5594-5076-0

Ⅰ . ①王… Ⅱ . ①王… ②汤… Ⅲ . ①宋诗—诗集②宋词—选集 Ⅳ . ① I222

中国版本图书馆 CIP 数据核字 (2020) 第 153711 号

王安石诗词集
[宋]王安石 著 汤会会 编著

总 策 划 慧源通
总 编 辑 徐运全
责任编辑 王昕宁
特约编辑 陈长元
责任校对 张伟娜
装帧设计 李志雪
出版发行 江苏凤凰文艺出版社
南京市中央路165号，邮编：210009
网 址 http://www.jswenyi.com
印 刷 嘉业印刷（天津）有限公司
开 本 880×1230毫米 1/32
印 张 8
字 数 160千字
版 次 2020年8月第1版
印 次 2020年8月第1次印刷
书 号 ISBN 978-7-5594-5076-0
定 价 36.80元

前　言

王安石（1021 年—1086 年），字介甫，号半山，临川（今江西抚州市临川区）人，北宋著名思想家、政治家、文学家、改革家，“唐宋八大家”之一。

王安石在政治上的成就有目共睹，在文学上，他也有突出贡献，无论是诗、词、文都取得了杰出成就。他不仅潜心研究经学，著书立说，被誉为“通儒”，且创“荆公新学”，促进宋代“疑经变古”学风的形成；在哲学上，他用“五行说”阐述宇宙生成，丰富和发展了中国古代朴素唯物主义思想，其哲学命题“新故相除”，把中国古代辩证法推到了一个新的高度。

为实现自己的政治理想，王安石把文学创作与政治活动紧密结合起来，强调文学的社会服务性，强调文章的现实功能和社会效果，主张“文道合一”，因此，他的散文基本上体现出他的文学主张，重在揭露时弊、反映社会矛盾；其论说文，主要是针对时政或社会问题而发，观点突出、鲜明，如《答司马谏议书》，深刻地阐述了他的政治见解和主张，且结构谨严，说理透彻，语言朴素凝练，具有较强的概括性与逻辑力量，为推动变法和巩固北宋诗文革新运动成果起到了积极作用；其短文，直陈己见，简洁峻切，短小精悍，形成了“瘦硬通神”的独特风格，如史论《读〈孟尝君传〉》，全文不足百字，却层次分明、议论周密、词气凌厉而贯注，势如破竹，具有不容置辩的逻辑力量；其山水游记散文，简洁明快而省力，既记游，也说理，因此，他能成为杰出的政治家，也是世人敬仰的文学大家。

王安石的诗擅长于说理与修辞，追求一种典雅的格调美，其晚年诗风含蓄深沉、深婉不迫，以丰神远韵的风格在北宋诗坛自成一家，如《泊船瓜洲》，以新鲜的意象示人，启迪人们以奇特的意象展开联想，历久传诵不衰，为宋代诗坛增添了不少光彩。再如《明妃曲》《叠题乌江亭》等，都是在传统题材上翻出新意的佳作，充分发挥了宋诗长于议论的特点，读后耐人回味，被公认超出唐人的同类作品。

王安石的词作，虽不多，但其词能够“一洗五代旧习”，境界醒豁，形成了鲜明的词风，令人百读不厌。

为满足广大读者对王安石代表性作品的了解、阅读和鉴赏需求，我们精心编写了这本《王安石诗词集》。在编写体例上，我们集众家之长，益独家之见，辟“原文”“注释”“译文”“创作背景”“赏析”和“轶闻异物录”六个栏目。在收录原著方面，我们不仅收编王安石的代表诗作《泊船瓜洲》《梅花》《示长安君》等四十七首，词作《桂枝香·金陵怀古》《浣溪沙·百亩中庭半是苔》等八首，且收录了他的文章《读〈孟尝君传〉》《答司马谏议书》《游褒禅山记》《伤仲永》等四篇，并附《王安石大事记》。

本书秉承忠实于原著的思想，在“原文”“注释”“创作背景”板块中力求翔实，对有争议的原文、注解或创作年代，在精心考证后作出综合研判，给出比较符合史实及作品内容的说法，同时附上争议者的观点，供大家参考；在“译文”“赏析”和“轶闻异物录”板块中，给出了编著者个人或集体看法，力求挖掘原著中的美学价值和其宝贵的艺术价值、思想价值，更是力求客观地呈现给读者一篇艺术再创作的美文。

本书在编写过程中，参考了上海辞书出版社 2013 年 8 月出版的《宋词鉴赏辞典》(新一版)。

由于编著者的能力所限，本书在编写过程中难免存在差错或遗漏，敬请广大读者批评指正。

鉴于本书中部分作品的作者暂无法取得联系，请作者自行与本书发行单位联系，获取稿酬，万分感谢。

目 录

泊（bó）船[1]瓜洲

京口[2]瓜洲[3]一水间[4]，钟山[5]只隔数重山。

春风又绿[6]江南岸，明月何时照我还[7]？

◎注释

①泊船：停船。泊：停泊，指船靠岸停住。

②京口：古城名，故址在今江苏省镇江市。

③瓜洲：瓜洲镇今属江苏省扬州市邗（hán）江区，在长江北岸，扬州南郊，即今扬州市南部长江边，京杭大运河分支入江处。

④一水间：指一水相隔之间。一水：一条河。古人除将黄河特称为“河”，长江特称为“江”之外，大多数情况下称河流为“水”，如汝水、汉水、浙水、湘水、澧水等。这里的“一水”指长江。一水间就是指一水相隔之间。

⑤钟山：即江苏省南京市紫金山。

⑥绿：吹绿，拂绿，这里作为动词使用。

⑦还：回来，返回。

◎译文

京口和瓜洲间只隔着一条长江，

距离钟山也就是隔着几座山峦。

和煦的春风又吹绿了大江南岸，

明月何时才能照耀我回到家里？

◎创作背景

宋仁宗景祐四年（1037年），王安石随父王益定居江宁（今江苏南京），王安石是在那里长大的，对钟山有着深厚的感情。宋神宗熙宁二年（1069年），王安石被任命为参知政事（副宰相）；次年被任命为同平章事（宰相），开始推行变法。由于反对势力的攻击，他几次被迫辞去宰相的职务。

关于这首诗的写作时间长期以来存有争议，虽都认为是王安石晚期作品，但对其具体创作时间主要有三种说法：一说宋神宗熙宁元年（1068年），王安石应召自江宁府赴京任翰林学士，途经瓜洲后所作；二说宋神宗熙宁七年（1074年），王安石第一次罢相自京还金陵，途经瓜洲时所作；三说宋神宗熙宁八年（1075年），王安石第二次拜相，自江宁赴京途经瓜洲时所作。本书作者倾向于写于王安石第二次拜相进京之时。

◎赏析

这首诗写诗人停船在瓜洲，望着仅仅一江之隔的京口，想到离京口并不远的南京，不禁勾起了浓浓的思乡之情，表达了作者对家乡深深的思念和爱恋。

“京口瓜洲一水间”，写望中之景，诗人站在瓜洲渡口，放眼南望，看到了南边岸上的“京口”与“瓜洲”这么近，中间隔一条江水。“一水间”，形容舟行迅疾，顷刻就到了。

“钟山只隔数重山”，以依恋的心情写出他对钟山的回望和眷恋。“只隔”两字极言钟山近在咫尺。“数重山”把间隔说得如此平常，反映了诗人对于钟山的依恋之深；而事实上，钟山毕竟被“数重山”挡住了，因此诗人的视线转向了江岸。

“春风又绿江南岸”，描绘了江岸美丽的春色，寄托了诗人浩荡的情思，使生机盎然的自然景色与诗人奉召回京的喜悦之情相谐和、相统一。其中“绿”字是这首诗的诗眼，是诗人精心锤炼出的一个字，极富表现力。诗人以“绿”描写看不见的春风，把抽象的春风赋予了春的色彩，而且是一种代表着春天万物复苏的色彩，不仅把春天特有的个性“绿”表达了出来，而且，这个字也开拓出一个广阔的视野，把春风吹过后产生的奇妙效果全景式地展现在读者面前，给人以“草色遥看近却无”的意境幽远之美，从而把看不见的春风转换成鲜明的视觉形象——春风拂煦，百草始生，千里江岸，一片新绿，可谓写出了春风的精神，也使诗的意境更加深沉、更加辽阔。

“春风”一词，实指皇恩，既是写实，又有政治寓意。宋神宗下诏恢复王安石的相位，表明他决心要把新法推行下去，对此，诗人感到欣喜，他希望凭借这股温暖的春风驱散政治上的寒流，开创变法的新局面，而这种心情，用“绿”字来表达，既微妙，又含蓄。

“又”字透露出诗人内心的矛盾，也是本诗的主旨，说明变法的历程并不是一帆风顺的，而且，鉴于第一次罢相前朝廷上政治斗争的尖锐与复杂，对于这次重新入相，他不能不产生顾虑，尽管变法图强是他的政治理想，但是，由于变法遇到的强大阻力，他本人也受到反对派的猛烈攻击，所以，他只能将自己的希望寄托在皇帝的“又一次发力”上。

“江南岸”代表着的不仅仅是秀丽的钟山、恬静的山林，也是整个大宋的疆土，表达了诗人期望改革成功的美好心愿。

“明月何时照我还”，从时间上说，已是夜晚，说明诗人回望已久，不觉红日西沉，皓月初上，隔岸的景物虽消失在朦胧的月色中，但是诗人对钟山的依恋却愈益加深，说明对自己此去京都的前景还是抱有不确定性的。当然，事实也证明了诗人的矛盾心理不是杞人忧天，在他复相不久，又再次被罢相。故结尾以设问句式表达了他的矛盾心情。

全诗开篇写景，既兼具比兴，又通过夸张将空间的近与时间的久构成有力的反差，不仅借景抒情，寓情于景，而且在叙事上也富有情致，境界开阔，格调清新，但是，末句的设问也反映出诗人极其矛盾的心理。

◎轶闻异物录

王安石上“万言书”

王安石在他的散文作品中，议论高深新奇，善于用旁征博引来维护自己的论点，这与他不喜屈己让人，喜欢按照自己的意见行事有着极其密切的关系。

宋仁宗嘉祐三年（1058 年），王安石调为度支判官，进京述职，写了长达万言的《上仁宗皇帝言事书》,也称“万言书”。在这份表奏中，王安石吸取范仲淹以“吏治改革”为切入口的教训,换成以“经济改革”为切入口,而此时的北宋立国已近百年,国势陷入“积贫积弱”的困局。然而，到王安石提出政治改革纲领时，与范仲淹的“庆历新政”失败已经相去十七年，宋仁宗已老迈年高、心灰意冷，当年追随范仲淹的韩琦和富弼，此时虽然都是宰相，但也早已失去了改革的锐气。所以，对于王安石提出的变法主张，仁宗并未采纳。但是不久，宋仁宗任命他为集贤院校理、知制诰，负责审查京城刑狱案件。

宋英宗在位时期（1063 年—1066 年），屡次征召王安石赴京任职，他均以服母丧和有病为由，拒绝入朝。直到宋神宗即位，起用王安石为江宁知府，旋即诏为翰林学士兼侍讲，从此，王安石的变法主张获得神宗的全力支持。于是，王安石提出了“治国之道，首先要确定革新方法”主张，获神宗认同，随后上《本朝百年无事札子》，阐释宋初百余年间太平无事的原因，指出当时危机四伏的社会问题，提出“大有为之时，正在今日”的观点。

梅　花

墙角数枝梅，凌寒①独白开。

遥②知不是雪，为③有暗香④来。

◎注释

①凌寒：指冒着严寒。
②遥：远远的。
③为：因为。
④暗香：指梅花散发出的幽香。

◎译文

墙角边长着几株并不起眼的梅树，
它们不惧严寒，独自在那里开放。
远看那洁白的梅花就知道不是雪，
因为空气中早已飘来了阵阵清香。

◎创作背景

宋神宗熙宁元年（1068年），王安石上《本朝百年无事札子》，主张“发富民之藏”以救“贫民”，富国强兵，进行全面改革。而反对者谤议不断，宋神宗熙宁七年（1074年）春，天下大旱，饥民流离失所，王安石被罢相。次年二月，王安石再次拜相。宋神宗熙宁九年（1076年），再次被罢相，此后，心灰意冷的他，只好放弃改革，后退居钟山。此时作者的心态是孤独的，其艰难的处境与傲雪凌霜的梅花有着共通的地方，因此写下此诗，以明心志。

◎赏析

诗人通过梅花不畏严寒的高尚品质自比，用雪喻梅的冰清玉洁，又用“暗香”点出梅胜于雪。喻示那些像诗人一样，处于艰难、恶劣的环境中依然能坚持操守、主张正义，为国家的强盛而不畏排挤和打击的人。

“墙角数枝梅，凌寒独自开”，写墙角梅花不惧严寒，傲然独放，体现出诗人所处环境恶劣，却依旧坚持自己的主张的态度。墙角的梅花不引人注目，不易为人所知，更未被人赏识，却又毫不在乎。“墙角”这个环境突出了数枝梅身居陋处、孤芳自开的形态。“凌寒独自开”，不是写梅花的姿态，而是写它“独自开”的傲骨，突出梅花不畏寒，不从众，虽在无人偏僻的地方，仍然凌寒而开的品质，实则写人品。“独自”，语意刚强，无惧旁人的眼光，在恶劣的环境中，依旧屹立不倒，体现出诗人坚持自我的信念。

“遥知不是雪，为有暗香来”，远远望去十分纯净而洁白，但知道它不是雪而是梅花，诗意曲折含蓄，耐人寻味，用梅花的幽香来自比。“遥知”说明香从远处飘来，淡淡的，而诗人的嗅觉却很灵敏，且独具慧眼，不仅发现了它，而且能够在较远的地方就区分出它不是雪。“不是雪”，不但说出了梅花的形态洁白可爱，而且说明梅花的本性就是不惧严寒，纯洁美丽。雪是很美的，但还不够，因它不能给别人送去幽香，就好比一个人：你长得外表出众，却没有好品德、好才学，那就没有什么了不起的；你不仅外表出众，且品德高尚、才学出众，但却没有为社会作出多少奉献，如同白雪没有带给他人愉悦的幽香，也是很可惜的。“暗香”指的是梅花的香气，以梅拟人，凌寒独开，喻人的品格高贵；暗香沁人，象征着人的才气横溢。

整首诗语言朴素无华，但意境深致，耐人寻味，正是诗人冷峻、倔强性格的写照。

王安石变法

王安石变法是宋神宗时期，由王安石发动的旨在改变北宋建国以来积贫积弱局面的一场社会改革运动。变法自宋神宗熙宁二年(1069年)开始,至宋神宗元丰八年(1085年)宋神宗去世结束,故亦称熙宁变法、熙丰变法。

宋神宗熙宁元年(1068年)四月，宋神宗为摆脱宋王朝所面临的政治、经济危机以及辽、西夏不断侵扰的困境，召见王安石。王安石提出“治国之道,首先要确定革新方法”,勉励神宗效法尧舜,简明法制。宋神宗认同王安石的相关主张，要求其尽心辅佐，共同完成这一任务。

宋神宗熙宁三年(1070年)，王安石任同中书门下平章事，位同宰相，便在全国范围内推行新法，开始大规模的改革运动。所行新法在财政方面有均输法、青苗法、市易法、免役法、方田均税法、农田水利法；在军事方面有将兵法、保甲法、保马法等。

次年，王安石颁布改革科举制度法令，废除诗赋辞章取士的旧制，改以经义取士。同年秋，实行太学三舍法制度。新法颁布后，王安石擢拔吕惠卿、章惇、蔡确等多人，参与变法的实施。

王安石变法以发展生产、富国强兵、挽救宋朝政治危机为目的，以“理财”“整军”为中心，涉及政治、经济、军事、社会、文化各个方面，是中国古代史上继商鞅变法之后又一次规模巨大的社会变革运动。变法一定程度上改变了北宋积贫积弱的局面，充实了政府财政，提高了国防力量，对封建地主阶级和大商人非法渔利也进行了打击和限制。但是，变法在推行过程中由于部分举措的不合时宜和实际执行中的不良运作，也造成了百姓利益受到不同程度的损害(如保马法和青苗法)，加之新法触动了大地主阶级的根本利益，所以遭到他们的强烈反对,宋神宗元丰八年(1085年),这场改革运动因宋神宗去世而告终。

元　日[①]

爆竹[②]声中一岁除[③]，春风送暖入屠苏[④]。

千门万户[⑤]曈曈[⑥]日，总把新桃[⑦]换旧符。

◎注释

①元日：农历正月初一。

②爆竹：古人烧竹子时使竹子爆裂发出响声来驱鬼避邪，后来演变成放鞭炮。

③一岁除：一年已尽。除：逝去。

④屠苏：屠苏酒，一种用屠苏草浸泡的酒。饮屠苏酒是古代过年时的一种习俗，大年初一全家人合饮这种酒，以求驱邪避瘟疫、老人长寿之意。

⑤千门万户：形容国泰民安、门户众多、人口稠密的样子。

⑥曈曈：用来形容日出时光亮而温暖的样子。

⑦桃：桃符，古代一种风俗，农历正月初一时人们用桃木板写上神荼、郁垒两位神灵的名字，悬挂在门旁，用来压邪。也作春联。

◎译文

在清脆的爆竹声中，旧的一年已经过去，
迎着和暖的春风，家家开怀畅饮屠苏酒。
千家万户沐浴在刚刚升起的温暖阳光中，
都把自己家门上旧的桃符取下换上新的。

◎创作背景

这首诗作于作者初拜相而开始推行自己的新政之时。宋英宗治平四年（1067年）正月初八，英宗驾崩，宋神宗继位，起用王安石为江宁知府，旋即诏为翰林学士兼侍讲。宋神宗熙宁元年（1068年），宋神宗召王安石"越次入对"，王安石即上书主张变法。宋神宗熙宁二年（1069年），王安石任参知政事，主持变法。同年新年，王安石见家家忙着准备过春节，联想到变法伊始的新气象，有感创作了此诗。

◎赏析

这首诗描写新年元日热闹、欢乐、万象更新的动人景象，抒发了作者革新政治的思想和积极向上的奋发精神。

“爆竹声中一岁除”，在阵阵鞭炮声中送走旧岁，迎来新年。起句紧扣题目，渲染春节热闹欢乐的气氛。

“春风送暖入屠苏”，描写人们迎着和煦的春风，开怀畅饮屠苏酒。

“千门万户曈曈日”，写旭日的光辉普照千家万户。用“曈曈”表现日出时光辉灿烂的景象，象征着诗人无限光明美好的政治前景，也象征着经过改革后的社会生活情景。

“总把新桃换旧符”，既是写当时的民间习俗，又寓含除旧布新的意思。“桃符”是一种绘有神像、挂在门上避邪的桃木板。每年元旦取下旧桃符，换上新桃符。“新桃换旧符”与首句爆竹送旧岁紧密呼应，形象地表现了万象更新的景象。

诗是作者的心声。不少论诗者注意到，这首诗表现的意境和现实，也有它的比喻象征意义，王安石的这首诗充满了欢快和积极向上的奋发精神，是因为他当时正出任宰相，推行新法，在他的意念中，北宋整个社会风貌都正如眼前人们把新的桃符代替旧的一样，革除旧政，施行新政，王安石对新政充满信心，所以反映到诗中就分外明朗。这首诗，赞美新事物的诞生如同“春风送暖”那样充满生机，表现了诗人对变法胜利和人民生活改善的欣慰喜悦之情。其中含有深刻的哲理性，指出新生事物总是要取代没落事物这一自然规律。

整首诗虽然用的都是白描手法，但却渲染出一种喜气洋洋的节日气氛，同时又通过元日更新的习俗来寄托自己的思想，表现得含而不露。

◎轶闻异物录

桃　符

挂桃符是我国历史悠久的民俗文化。古人在辞旧迎新之际，用桃木板分别写上“神荼”“郁垒”二神的名字，或用纸画上二神图像，悬挂、嵌缀或张贴在门首，意在祈福灭祸。古人相信桃木有压邪驱鬼的作用。

东汉应劭在《风俗通义》说：“《黄帝书》上古之时，有荼与郁垒昆弟二人，性能执鬼，度朔山上章桃树下，简阅百鬼，无道理妄为人祸害，荼与郁垒缚以苇索，执以食虎。于是县官常以腊除夕饰桃人，乘苇茭，画虎于门，效前事也。”

桃符最初是书写二神的名字或描绘图像，后演变为书写吉祥语，进而发展为对偶的诗句，就是造纸术产生之前的对联，说明至少在东汉时民间已盛行春节挂桃符风俗。

所以，现在的春联起源于桃符。

宋太祖乾德二年（964 年），后蜀君主孟昶于除夕令学士幸寅逊题桃符志喜，蜀主对学士所题词语不满意，挥毫书写了“新年纳余庆，嘉节号长春”。孟昶的题词改变了桃符的内容与性质，使桃符由原来驱鬼的桃木牌变为表达某种思想的特殊文体——联语。有专家认为孟昶题词是我国第一副春联。明太祖朱元璋建都南京，为庆贺开国立业，在除夕时传旨，公卿士庶门上须贴春联一幅，把张贴春联的习俗一夜之间由宫廷豪门推广到了百姓门户。

登飞来峰[1]

飞来峰上千寻塔[2]，闻说鸡鸣见日升。

不畏浮云[3]遮望眼[4]，只缘[5]身在最高层。

◎注释

① 飞来峰：此处指今浙江杭州西湖灵隐寺对面的飞来峰。
② 千寻塔：很高很高的塔。寻：古时长度单位，八尺为寻。
③ 浮云：在山间浮动的云雾。
④ 望眼：这里指视线。
⑤ 缘：因为。

◎译文

在飞来峰上有一座很高很高的千寻塔，
站在塔上，鸡鸣时分可看到旭日初升。
我不怕浮云会遮住我放眼四野的视线，
那是因为如今我就在千寻塔的最高层。

◎创作背景

宋仁宗皇祐二年（1050年）夏，诗人王安石在浙江鄞县知县任满回江西临川故里时，途经杭州，写下此诗。这是他初涉宦海时所作。此时诗人只有三十岁，正值壮年，抱负不凡，正好借登飞来峰一抒胸臆，表达宽阔的情怀，可以看作是他实行新法的前奏序曲。

◎赏析

这首诗通过描写峰上古塔之高以及在高塔上看到旭日东升的辉煌景象，表现了诗人朝气蓬勃，胸怀改革大志，对前途充满信心。

“飞来峰上千寻塔，闻说鸡鸣见日升”，诗人开篇即以广阔、辽远的胸怀与视野，写出了胸中对变法前景的美好憧憬。

“不畏浮云遮望眼，只缘身在最高层”，诗人以精巧的构思，倒过来，先说果，后说因，因果倒置，转换诗眼。“不畏”语气峻隽，气势夺人。“浮云遮望眼”，用典，借用西汉人把浮云比喻奸邪小人来表达自己的立场和志向。“身在最高层”，诗人拔高诗境，表达自己高瞻远瞩的气魄。

这首诗与一般的登高诗不同，诗人没有过多写眼前之景，只写了塔高，重点是写自己登临高处的感受，寄寓“站得高才能望得远”的哲理，比喻掌握了正确的观点和方法，在对事物的认识上就能达到一定的高度，就能透过现象看到本质，就不会被事物的假象所迷惑，表现出王安石独具的艺术风格。

◎轶闻异物录

飞来峰

飞来峰，又名灵鹫峰，峰高一百六十八米，由石灰岩构成。

飞来峰因长期受地下水溶蚀作用，形成了许多奇幻多变的洞壑，如龙泓洞、玉乳洞、射旭洞、呼猿洞等，极富传奇色彩。

相传灵隐寺的济公和尚，有一天突然算知有一座山峰就要从远处飞来，济公怕飞来的山峰压死灵隐寺前村庄的人，就奔进村里劝大家赶快离开。村里人因平时看惯济公疯疯癫癫，爱捉弄人，以为这次又是寻大家的开心，因此谁也没有听他的话。眼看山峰就要飞来，济公急了，就冲进一户娶新娘的人家，背起正在拜堂的新娘子就跑。村人见和尚抢新娘，都呼喊着追了出来。人们正追着，忽听风声呼呼，天昏地暗，“轰隆隆”一声，一座山峰飞降灵隐寺前，压没了整个村庄。这时，人们才明白济公抢新娘是为了拯救大家，于是就把这座山峰称为“飞来峰”。

江上·七言绝句

江北[①]秋阴一半开，晚云含雨却低徊[②]。

青山缭绕[③]疑无路，忽见千帆[④]隐映[⑤]来。

◎注释

①江北：一般指长江下游以北的地区，即江苏、安徽两省靠近长江北岸一带，也泛指长江以北地区。

②低徊：起伏回旋。徊：一作“回”。

③缭绕：这里是回环旋转的意思。

④千帆：形容船只特别多。

⑤隐映：隐隐地显现出来。

◎译文

大江的江岸之北，浓重的秋云已被秋风撕开一半，

雨后的乌云，沉沉地、缓缓地在斜阳中移动徘徊。

一眼望去，重重叠叠的青山似乎挡住了江水去路，

换个角度，眼前突然出现一片白帆隐隐约约而来。

◎创作背景

这首诗约写于宋神宗熙宁七年（1074年），王安石变法失利，辞去相位退居金陵后，一日游长江有感而作。

◎赏析

此诗通过描写泛舟江上所见景物，表达了诗人压抑的心情和他不惧黑暗、相信乌云遮不住太阳的改革信心。

“江北秋阴一半开，晚云含雨却低徊”，首句写雨过天晴，

阴云半开，一抹蓝天已带上了晚霞的辉光，给人一种悠远的感受。“秋阴一半开”，阴沉的秋空不是全部开朗而是“半开”，可见光线并不太亮；向晚的云霞也不是那么璀璨明艳，而是带着雨意，它不是暴风雨之前翻滚的黑云，却是低徊容与，悠然静穆，构成了幽远淡雅的画面基调。“晚云含雨”，将黄昏时的云霞写活了。“低徊”本来指人的徘徊沉思，这里却用来表现含雨的暮云低垂而缓慢地移动，情趣横生，静中有动，勾勒出一幅秋江暮云图，恰似一幅山水画，有朦胧含蓄之美；而且，画面并不是明快清晰的，有意追求一种半明半暗、神光离合的境界。

“青山缭绕疑无路，忽见千帆隐映来”，从云转到江边的青山，写出了诗人在江边走时的特殊感受；其画面中不仅有景，且景中有人，景中有意，蕴深邃的哲理于寻常景物之中，启人遐思，耐人寻味。后来陆游的“山穷水复疑无路，柳暗花明又一村”，正是由此生发出来的名句。这里青山的回环曲折，帆影的时隐时现，也都构成了一幅淡远的画面，与上面两句浑然一体，融会贯通，其深层意义是不屈从于阴暗，而要反抗阴暗。这就是诗人借山光水色的变化所体验到的一种人生哲学和政治理念，表现出诗中丰富的辩证法思想。

全诗悠远淡雅，情趣横生，把诗境与画意结合在一起，使诗与画紧密结合，既是诗，却又带有画的气质与风韵，并在灰暗的底色上布置了一幕开阔的画图，辅以幽深的笔调，表现一种含蓄朦胧的美，突出了自然美的韵味。同时，诗人又通过对景物的描写，表示出对路途遥远、风云变幻的惆怅，把主观思想加入到山水诗中，丰富了诗的主题，突出了一个开阔而宏大的物像意境。

◎轶闻异物录

南京半山园

半山园位于南京市中山门北的白塘，清溪路附近，今海军指挥学院院内。此地距城东门七里，距紫金山亦七里，恰为半途，因而得名“半山园”。

王安石生在江西，却与金陵有着不解之缘。他在金陵度过青年时代后，又来此两度守孝、三任知府，前后生活了二十年，逝世后葬于钟山脚下。

宋神宗熙宁九年（1076 年），五十六岁的王安石第二次出任宰相不久，与保守派发生争端，于当年十月复求罢相，神宗应允，给王安石一个“判江宁府”的官衔。回到金陵后，王安石一直没去衙门上班，第二年六月辞官，在城东门到钟山途中的白塔为自己建造了这所居室。因距江宁城东门七里，距钟山主峰也是七里，所谓半途之处，故将居室命名为半山园。在园内，王安石结交了许多高逸之友，包括米芾、李公麟、欧阳修和苏东坡等。有一次苏东坡乘船经过金陵，王安石特地骑着驴子，穿着粗布衣服到江边去迎接。苏东坡也不冠而敬揖，曰：“轼今日以野服见大丞相。”王安石笑着说：“礼岂为我辈设哉！”既而两人说佛吟诗，王安石还邀请苏东坡同游钟山，并各自赋诗纪游。可见两个人政见虽不同，但私交和诗文之谊还是非常深厚的。王安石的文章峭拔深刻，卓然自成一家，为“唐宋八大家”之一。而他的诗词，也“与众颇异。要之渊源风雅，洗削浮华，可谓无邪者也”。经粗略统计，他有关南京的诗词作品达三百首左右。

宋神宗元丰七年（1084 年），王安石得了一场大病，神宗派国医到江宁府给他治病。病好以后，他上书皇帝请求以自己的住宅改建寺院，神宗赐额“寺”，又称半山寺。

夜　直[1]

金炉[2]香烬漏声残[3]，翦翦[4]（jiǎn）轻风阵阵寒。

春色恼人[5]眠不得，月移花影上栏干[6]。

◎注释

①夜直：晚上值班的意思。“直”：通“值”。宋代制度，翰林学士每夜轮流一人在学士院值宿。

②金炉：用黄铜制造的香炉。

③漏声残：指水快要滴完，即天快亮。漏声：古代用来计时的漏壶中滴水的声响。

④翦翦：形容风轻且带有点寒意。

⑤恼人：逗弄、挑动人的意思。

⑥栏干：栏杆，以竹、木等做成的遮拦物。干：通“杆”。

◎译文

香炉里的香早已燃尽，漏壶里的水也快要漏完。

夜间，阵阵带着寒意的春风袭来，更觉得夜长。

然而撩人的春色却是那样恼人，让人难以入眠，

随着月亮的移动，花木影子悄悄地爬上了栏杆。

◎创作背景

《容斋随笔》中记载：宋制翰林学士每晚留一人于学士院值夜，准备皇帝随时召对，或咨询政务，或草拟制诰，或收发当夜外廷呈送的紧急封奏，转呈皇帝。王安石在宋英宗治平四年（1067 年）九月为翰林学士，因他当时正在江宁知府任上，没有立即到职。宋神宗熙宁元年（1068 年）四月，才奉诏进京，越次召对，从此才有资格到内廷值宿。此诗作于晋升到京后的次年，即熙宁二年（1069 年）春天。

◎赏析

这首诗是诗人春夜不能入睡，有感而发，表现出一种寂寞和无奈的心境。

“金炉香烬漏声残”，视觉加听觉，以动衬静，突出了早春时节天将拂晓时的景象。“金炉香”和“漏声残”都是形容夜已深的意境。

“翦翦轻风阵阵寒”，诗人用自己切身的感受描写节气上的夜寒，实则表达出一种政治上的不得意、不顺畅。“翦”，原意是指整齐的羽毛，这里用来形容寒风料峭，描写出风的“轻”与自身的“寒”意，而这种寒意又似乎是可以承受，但却不易表达出来的意会之状，可谓一种虚写。

“春色恼人眠不得”，这句属于实写，也比较出彩，既表达诗人对春的赞赏与喜爱，又感叹早春的寒意让人无法承受。“恼人”“眠不得”都在表明诗人内心的不平静和对改革局势的担忧，但是，诗人又不愿意直接说明：春色为何“恼人”，诗人又为何“眠不得”。

“月移花影上栏干”，间接表明，作者一宿没睡，看着花影从庭院移到栏杆，人却始终难眠，融情于景，又用景来突出人物内心世界的不平静。“月移花影”虽然描绘出了一个静物的画面，却让人从“移”字中感受到了诗人夜不能寐的波澜心理。所以，诗人在“静与动”“景与情”的处理上，可谓匠心独具，技高一筹。

这首诗的内在抒情曲折而深沉，外在表向却是春夜清幽美景，创作手法十分高明，是借用抒情诗的曲折来表达自己推行新法受阻的无奈之情。

◎轶闻异物录

身世离奇的宋仁宗

宋仁宗赵祯（1010 年—1063 年），初名赵受益，宋朝第四位皇帝（1022 年—1063 年在位），宋真宗赵恒第六子，母为李宸妃。

早年历封庆国公、寿春郡王、升王，官中书令。宋真宗天禧二年（1018 年），被立为皇太子，赐名赵祯。

关于赵祯的身世，清代古典名著《三侠五义》里有一种“狸猫换太子”的说法，认为刘氏、李氏在真宗晚年同时怀孕，为了争当正宫娘娘，工于心计的刘氏将李氏所生之子换成了一只剥了皮的狸猫，污蔑李氏生下了妖孽。

真宗大怒，将李氏打入冷宫，而将刘氏立为皇后。后来，天怒人怨，刘氏所生之子夭折，而李氏所生男婴在经过波折后被立为太子，并登上皇位，这就是宋仁宗赵祯。在包拯的帮助下，赵祯得知真相，并与已双目失明的李氏相认，而已升为皇太后的刘氏则畏罪自缢而死。

赵祯不安于守成的现状，针对庆历年间农民起义和兵变在各地相继爆发以及日益严重的土地兼并、“三冗”（冗官、冗兵、冗费）现象，也有志于开展革新。他多次以“天下事责大臣”，意图有所作为。庆历三年（1043 年），赵祯授范仲淹为参知政事，又擢拔欧阳修、余靖、王素和蔡襄为谏官（俗称“四谏”），锐意进取。九月，在赵祯的责令下，范仲淹、富弼提出了“明黜陟、抑侥幸、精贡举、择官长、均公田、厚农桑、修武备、减徭役、覃恩信、重命令”的十项改革主张，欧阳修等人也纷纷上疏言事，赵祯大都予以采纳，并渐次颁布实施。

由于新政触犯了贵族官僚的利益，遭到他们的阻挠。宋仁宗庆历五年（1045 年）初，范仲淹、韩琦、富弼、欧阳修等人相继被排斥出朝廷，各项改革也被废止，新政彻底失败。这次改革虽然失败，却为后来的王安石变法起到了投石问路的先导作用。

望夫石①

云鬟（huán）烟鬓（bìn）与谁期，一去天边更②不归。

还似九疑山下女③，千秋长望舜裳衣④。

◎注释

① 望夫石：传说中的“望夫石”很多，指女子立于山上，望夫归而死，化为立石。

② 更：古时候的时间计量单位，在这里表达时间的长久。

③ 九疑山下女：传说中舜帝的妻子娥皇、女英，她们都是尧帝的女儿，舜帝南巡时，至九疑山崩逝，便葬于此。二女追随不及，投湘水而死。

④ 裳衣：衣裳。这里指舜。

◎译文

头发梳得像云一样卷、烟一样飘，是与谁有约？

所等之人却去了像天一样遥远的地方不再回来。

像追随九疑山下的舜帝投江身亡的娥皇、女英，

期待着在江水中能千秋万代地望着舜帝的衣裳。

◎创作背景

宋仁宗皇祐五年（1053年）六月，王安石奉旨前往苏州检查水势时，作此诗。

◎赏析

这首诗以望夫石和湘女思舜的故事，表达诗人对美好政治前景的期待之情。

“云鬟烟鬓与谁期，一去天边更不归”，写眼前的望夫石，

云鬟烟鬓，语言简单明了，描写形象逼真，把云烟比作望夫石头发。“与谁”用反问的语气，体现出望夫石对丈夫的归来抱有深深的期待，并引起读者思考望夫石像所想的内容。

“还似九疑山下女，千秋长望舜裳衣”，转写另外一个“望夫”的传说，引用了“二妃望舜，本意在望其生还”的典故。“还”字把“望夫石”和“二妃望舜”的典故相连，借妻子期待丈夫归来的故事，表达出诗人对未来美好生活的期待和向往之情。“千秋长望”，通过舜帝妃子期待舜帝归来的夸张描写，烘托出诗人所要表达的向往国家美好前景的愿望。“舜裳衣”，在诗人看来，舜是上古圣明之君的一个代表，望舜则是向往圣明之治，希望国家未来的政治路途能够光明，国家能得到更好的发展。

全诗无一字是关于国家未来方面的描绘，却通过运用妻子期待与丈夫相聚的典故，来表达对未来国家兴盛的向往。语言直白，用典自然，含义深刻，把生硬的政治诗写得像爱情诗一样凄美，增强了诗歌的艺术感染力。

◎轶闻异物录

九嶷山

九嶷山，又名苍梧山、九疑山，位于湖南省宁远县城南，属南岭山脉之萌渚岭，纵横二千余里，南接罗浮山，北连衡岳。九嶷山峰峦叠峙，深邃幽奇，千米以上高峰有九十多处，素以独特的风光，奇异的溶洞，古老的文物，动人的传说，驰名中外，令人神往。

九嶷山得名于舜帝之南巡。因境内有舜源、娥皇、女英、杞林、石城、石楼、朱明、箫韶、桂林九座峰峦，且峰峰相似难以区别，故名。

钟山即事[①]

涧水[②]无声绕竹流，竹西[③]花草弄春柔[④]。

茅檐[⑤]相对[⑥]坐终日，一鸟不鸣山更幽[⑦]。

◎注释

① 即事：就眼前景物加以描写，有感于当前事物。
② 涧水：山涧的水流。
③ 竹西：竹林的西边。
④ 弄春柔：在春意中摆弄柔美姿态的意思。
⑤ 茅檐：茅屋檐下。
⑥ 相对：这里是对着山的意思。
⑦ 幽：幽静的意思。

◎译文

山涧中的溪水，静悄悄地绕着竹林流淌着。
竹林西畔繁花绿草在春风中婆娑地摇曳着。
我坐在茅屋檐下，整天看着这明媚的春光，
听不到一声鸟鸣，山中显得格外静寂幽旷。

◎创作背景

这首诗约作于宋神宗熙宁九年（1076年），王安石变法失利后，辞去相位，退居金陵，游钟山时有感而作。

◎赏析

这首诗通过所描绘的清幽意境，抒写了诗人神离尘寰、心无挂碍的超脱情怀，但字里行间却蕴含着一份淡淡的孤独、寂寞和政治上的失意之感。

“涧水无声绕竹流，竹西花草弄春柔”，描绘出一个充满着春天的生机与活力的自然美景。在诗人的笔下，一切都是鲜活的，“涧”是鲜活的，在山间竹林里回环往复，奔腾跳跃，唱着歌，带着笑流向远方；“竹”也是鲜活的，仿佛在你的思维深处亭亭玉立；再看那“花草”，舞动腰身，款款弄姿，正在舞弄柔情，将那婀娜的影子倒映于流水之中。然而，在诗人的笔下，一切又都那么幽深静寂，“涧”是幽静的，“竹”是幽静的，“花草”也是幽静的，无声无息，自生自长，随心所欲，享受春天，自我陶醉。

“茅檐相对坐终日，一鸟不鸣山更幽”，转笔写诗人的寂寞之情。“坐终日”，说明诗人整日一声不响地在屋檐下对着大山静静地坐着，虽是悠闲，却也寂寞至极。末句改用南朝梁王籍《入若耶溪》句：“蝉噪林逾静，鸟鸣山更幽。”王安石翻过一层，变成“一鸟不鸣山更幽”。对这样的改写，前人多有讥刺，认为一鸟不鸣，山自然更幽，用不着多说，所以王安石这么一改，是点金成铁。王安石的诗与王籍的诗实际上代表了两种修辞手法。王籍是用反衬，山中鸟雀齐鸣，声音扑耳，是因为山里没有人，成了鸟的世界，鸟才会如此啼鸣，就像欧阳修《醉翁亭记》所说，是“树林阴翳，鸣声上下，游人去而群鸟乐也”。这样写，寓静于闹，更富有情理韵味，经常被诗家所采用。王安石的诗是直写，从正面渲染静态，显得平淡自然，直截明快，具有一种朴素的美。

王安石善于融合前人的诗句入诗，也有很多成功的例子。但这首诗似乎与他的学养不称。应是他在推行新法的过程中受到很多人反对，所以在诗中以“一鸟不鸣”表示自己退居后再也听不到这些攻讦声而很高兴的心理。

紫金山

紫金山位于南京市玄武区，又称钟山，江南四大名山之一，有“金陵毓秀”的美誉，是南京名胜古迹荟萃之地，全国生态文化示范基地、世界文化遗产所在地、首批国家 5A 级景区钟山风景名胜区位于紫金山南麓。

紫金山主峰海拔四百四十八点九米，周围约三十公里，三峰相连形如巨龙，山、水、城浑然一体，古有“钟山龙蟠，石城虎踞”之称，早在汉朝与三国就极负盛名。紫金山囊括六朝文化、明朝文化、民国文化、山水城林文化、生态休闲文化、佛教文化系列于一山之中，是为“中华城中人文第一山”。

紫金山周围名胜古迹甚多，山南有紫霞洞、一人泉等景点，山前正中有中山陵，西有梅花山、明孝陵、廖仲恺何香凝墓，东有灵谷寺、邓演达墓，山北有明徐达墓、常遇春墓、李文忠墓等古迹。

狼山观海

万里昆仑[1]谁凿破，无边波浪拍天来。

晓寒云雾连穷屿，春暖鱼龙化蛰雷[2]。

阆（làng）苑[3]仙人何处觅？灵槎[4]（chá）使者几时回？

遨游半在江湖里，始觉今朝眼界开[5]。

◎注释

①昆仑：昆仑山。在新疆西藏之间，西接帕米尔高原，东延入青海境内。势极高峻，多雪峰、冰川。最高海拔峰达七千七百一十九米。古代神话传说，昆仑山上有瑶池、阆苑、增城、县圃等仙境。

②蛰雷：惊醒蛰虫之雷。这里指初发的春雷。

③阆苑：也称阆风苑、阆风之苑，传说在昆仑山之巅，是西王母居住的地方。在诗词中常用来泛指神仙居住的地方，有时也代指帝王宫苑。

④灵槎：乘往天河的船筏。典出晋张华《博物志》卷十："近世有人居海渚者，年年八月有浮槎去来，不失期，人有奇志，立飞阁于查上，多赍粮，乘槎而去。"

⑤眼界开：看到美好的或新奇珍贵的事物，增长了见识。

◎译文

是谁凿破了万里之外的巍巍昆仑山脉，
漫无边际的巨浪滚滚而来像要冲上天。
海面上拂晓的凉意弥漫着接天的云雾，
春风暖暖地吹春雷惊醒了冬眠的鱼龙。
世外神仙不需寻找这里便是人间仙境，
不知乘船前往天河的使者几时能回来。
在为官的岁月里也经常在江湖上遨游，
直到今日才大开眼界见识到如此奇景。

◎创作背景

这是王安石的一首逸诗。《临川集》和李壁的《王荆文公诗笺注》以及沈钦韩的《王荆文公诗文笺注补注》都没有收这首诗。明万历年间编纂的《通州志》中记载，王安石在宋仁宗至和年间曾任海门县令，当时通州属淮南路，这和宋史本传所载“擢进士上第，签书淮南判官”相合。《全宋诗》关于王安石诗部分虽没有收全诗，却录有残句：“阆苑仙人何处觅？灵槎使者几时回？”（卷七十七），且万历《通州志》所载诗题为《白狼观海》。

南通狼山，最初因山形似狼而得名，又传说山上曾有白狼出没，故又名白狼山。到宋淳化年间（990年—994年）州官杨钧以“狼”字不雅，以“琅”易“狼”，又以山石多呈紫色，改称紫琅山。王安石来游时还称白狼。综上可知，这首诗确为王安石所作。所写内容与诗人生活、自然环境都相合。

此外，北宋时狼山还孤悬江中，尚未和陆地相接，王安石登山眺望，又处于长江出海处，和唐代杜甫登夔州白帝城时所写《登高》“不尽长江滚滚来”不同，那是在长江中上游，从高处俯瞰，而狼山仅一百多公尺高，和长江入海处的开阔江面相比较，就更觉江阔水大，波浪拍天。

◎赏析

这首诗描绘出狼山景物气势磅礴的特点，抒发了诗人面对浩瀚水面时心胸豁然开朗的欣喜之情。

“万里昆仑谁凿破，无边波浪拍天来”，开篇不仅起笔不凡，而且为全诗的抒情基调奠定了基础。“万里昆仑”，是因为登上高山，面江望海，只见波浪滔天，再西向而望，无边波浪拍天而来，似乎是凿破了昆仑，因此，诗人提问是谁凿破了万里之外的昆仑山，使大水冲决而出，奔腾而下，气势恢宏。用“谁凿破”提问，更给人以汪洋浩渺之感，且更有震撼力。

“晓寒云雾连穷屿，春暖鱼龙化蛰雷”，写近景，叙感受。诗人是在春季早晨登临狼山的，只见云雾迷漫，岛屿、沙洲都在雾幔之中，春暖之后春雷动，原来冬眠蛰居的鱼龙都活跃起来，上句的静景和富有动态感的下句相映衬，使人更觉得春意勃郁。如果说首联从宏观上写出了狼山地处长江之端的地理形势，那么此联就从近景上写出了狼山的地貌特色。

“阆苑仙人何处觅？灵槎使者几时回”，宕开一笔，赞此处犹如仙境。“阆苑”，传说神仙所在的地方。到哪里去寻找阆苑的仙人呢？这里就是人间仙境。“灵槎”，用古代的神话传说来说明天河与海是相通的，进一步渲染狼山地貌的与众不同。诗人由上两联的实写，到此转为虚写，将狼山的远景、近景、实景、虚意写全、写足，充分显示了狼山的风貌和意境，意在赞美狼山实为神仙居所。

“遨游半在江湖里，始觉今朝眼界开”，总结全诗并发出感慨。王安石从家乡临川出来后，应试、为官，还不曾有后来丰富的阅历，初见如此浩渺江面，“始觉今朝眼界开”，欣喜之情溢于言表，赞叹之语发自肺腑。

这首诗通过使用想象、夸张等手法，用“凿破”“拍”等颇具表现力的词语描绘景物气势磅礴的特点，体现出王安石早期直率、散文化的诗风。

◎轶闻异物录

司马光与王安石

北宋曾有两个宰相十分有名，一个是保守派司马光，一个是改革派王安石。

司马光性情温和，待人宽厚，做了宰相，也依循旧法，秉承祖制，主张“无为而治”，言辞有度，服饰得体，乃谦谦君子。

王安石从小书读得好，“名传里巷”，老成持重，年纪轻轻就不苟言笑，且少年得志，官运亨通。执掌朝廷大权，“严己律属”。成为宰相之后，锐意改革，想方设法为大宋收税，充盈国库。

司马光和王安石，性格迥异，又是政敌，两人的政治主张，相差十万八千里，可以说是，两个人你方唱罢我登场，轮流做宰相，在争夺权力的过程中，两人都丝毫不客气，用尽各种手段，向对方痛下杀手，斗争的结果是王安石获胜，司马光从宰相宝座上被赶了下来。

王安石大权在握，皇帝询问他对司马光的看法，王安石大加赞赏，称司马光为“国之栋梁”，对他的人品、能力、造诣都给予很高的评价。

正因如此，虽然司马光失去了皇帝的信任，但是并没有因大权旁落而陷入悲惨境地，而得以从容地退出江湖，吟诗作赋，锦衣玉食。

风水轮流转，愤世嫉俗的王安石强力推行改革，不仅触动了皇亲贵胄的利益，也招致地方官的强烈不满，朝野一片骂声，逢朝必有弹劾。皇上本来十分信任王安石，怎奈三人成虎，天天听到有人说王安石的坏话，终于失去了耐心，将他就地免职，重新任命司马光为宰相。

王安石被罢官，很多言官就跳出来，向皇帝告黑状，一时间诉状如雪，充盈丹墀。皇帝听信谗言，要治王安石的罪时，司马光却恳切地说：“王安石疾恶如仇，胸怀坦荡，忠心耿耿，有古君子之风。陛下万万不可听信谗言。”

皇帝听完司马光对王安石的评价，说了一句话：“卿等皆君子也！”

书[1]湖阴先生[2]壁二首

其　一

茅檐[3]长扫净[4]无苔[5]，花木成畦[6]（qí）手自栽。

一水护田[7]将[8]绿[9]绕，两山排闼[10]（tà）送青来[11]。

其　二

桑条索漠楝(liàn)花[12]繁，风敛[13]余香暗度垣[14]（yuán）。

黄鸟[15]数声残午梦[16]，尚疑身属半山园[17]。

◎注释

① 书：书写，题写。这里指题诗。

② 湖阴先生：本名杨德逢，隐居之士，王安石晚年居住在金陵（今江苏南京）时的邻居，宋神宗元丰年间（1078 年—1085 年）作者闲居江宁（今江苏南京）时就已经熟悉的一位好友。

③ 茅檐：茅屋檐下，这里指庭院。

④ 净：一作“静”，干净、洁净的意思。

⑤ 无苔：没有青苔。

⑥ 成畦：成垄成行。畦：被田埂整齐分割成方块的园地。

⑦ 护田：这里指护卫环绕着园田。语出《汉书 · 西域传》：“自敦煌西至盐泽，往往起亭，而轮台、渠犁，皆有田卒数百人，置使者校尉领护。”

⑧ 将：这里是携带的意思。

⑨ 绿：指水是绿色的。

⑩ 排闼：开门。语出《汉书 · 樊哙传》：“高帝尝病，恶见人，卧禁中，诏户者无得入群臣……哙乃排闼直入。”闼：小门。

⑪ 送青来：送来绿色。

⑫ 楝花：楝树开的花，花淡紫色，有芳香。因为楝树的枝、叶、果，

味道都是苦的，所以又叫楝树为“苦楝”，其花就叫苦楝花。

⑬ 敛：收敛。

⑭ 垣：矮墙。

⑮ 黄鸟：黄莺。

⑯ 午梦：午睡时的梦。

⑰ 半山园：王安石退隐江宁的住所，故址在今南京东郊。

◎译文

其　一

茅草房庭院经常打扫，洁净得没有一丝青苔，
院内的花草树木成行成垄，都是你亲手栽种。
庭院外一条小溪保护着农田，并且环绕着它，
两座大山像是两扇打开的门为人们送去绿色。

其　二

桑树枝叶变得稀疏时，苦楝花就十分繁盛，
清风从墙头外面吹来了苦楝花淡淡的余香。
黄莺几声清脆的啼叫把我的午觉给搅和了，
醒来，我恍惚觉得自己仍在旧居半山园中。

◎创作背景

这二首诗是王安石题在杨德逢屋壁上的一组诗。王安石于宋神宗熙宁九年（1076 年）第二次罢相后，直到宋哲宗元祐元年（1086 年）因病逝世，在金陵郊外的半山园居住长达十年。在这段时间里，王安石与隐居紫金山的杨德逢交往甚密。

在王安石诗集中，作者所写有关杨德逢的诗，至今尚保存有十首以上。半山园约落成于宋神宗元丰二年至五年（1079 年—1082 年）间，这两首诗应当是半山园落成时所作。

◎赏析

第一首诗通过描写杨德逢的家以及周边环境，赞美了主

人朴实勤劳、情操高洁的品质，又表达了从田园山水中以及与平民交往中可领略到无穷的乐趣。第二首诗通过描写自身的感受，虽是片刻间景象，却体现出作者体物之心细如毫发。表达了诗人退休闲居的恬淡心境。

“茅檐长扫净无苔，花木成畦手自栽”，赞美杨家庭院的清幽、主人对花木的热爱。“茅檐”在这里指的是庭院，庭院中的青苔是很难清扫的，它也是很多人不去理会的。而主人连庭院中的青苔都打扫干净，足以说明其勤劳、爱干净的性格。而庭院中“成畦”的“花木”则表明主人爱好不俗，乃是一“雅人”。

“一水护田将绿绕，两山排闼送青来 ”，诗人以神来之笔，留下了千古传诵的名句。

门前的景物是一条河流，一片农田，两座青山，在诗人眼里，山水对这位志趣高洁的主人也有情谊。诗人用拟人手法，将“一水”“两山”写成富有人情的亲切形象。弯弯的河流环绕着葱绿的农田，正像母亲用双手护着孩子一样。“护”字、“绕”字显得那么有情，似乎是门前的青山见到庭院这样整洁，这样爱美，也争相前来为主人的院落增色添彩，推门而入，奉献上一片青翠。

“桑条索漠楝花繁”，用萧索的桑枝来烘托楝花的茂盛，说明已经是初夏时节。“桑条索漠”指桑叶少而显得冷落无生气，属枯寂之静态，而此时正是蚕农养的春蚕需要大量食用桑叶的时候，桑叶都已经被蚕农采去养蚕了，所以用“索漠”形容。“楝花繁”，同样点明了时令，由此可以看出作者对周围的事物观察得很细致。

“风敛余香暗度垣”，写嗅觉而兼触觉和感觉，不但花香入鼻，连微风送爽的感觉也写了出来。

“黄鸟数声残午梦”，描写在午睡的梦中被鸟啼声惊醒，是在写听觉，与上一句嗅觉、触觉和感觉形成了一个完整的生活体验链，亲切、逼真。

“尚疑身属半山园”，点明身在何处，却从反面说。表明诗人同杨德逢关系密切，在杨家午睡却像在自己的半山园里一样，将宾至如归的情意和盘托出，大有“梦里不知身是客”的韵味。

第一首诗采用拟人化手法，既以自然景物的特征为基础，又与具体的生活内容相吻合，所以气足神完，浑化无迹，于着力处见功夫；后一首却于平淡处见火候，所以，必须两首连读，方能体会出作者谋篇之妙，如果只选一首，则有遗珠之憾。

◎轶闻异物录

欧阳修和王安石的故事

欧阳修是北宋著名的政治家和文学家，无论是在政坛还是在文坛都有盛名。其一生最大的成就是参与纂写了《新唐书》《五代史》等史书。欧阳修是古文运动的主要代表人物，变革了文风、诗风，被列为唐宋八大家之一。

王安石也是北宋著名的政治家、文学家，位列唐宋八大家之一，他在政治上推行了著名的王安石变法，在文学上创作了大量的佳作，可谓文坛巨匠。

在早期，欧阳修对于王安石的帮助是很大的，欧阳修非常欣赏王安石的文学作品，曾经提携过王安石，所以两人交往甚密，不论是在政治上还是在文学上，都是互相切磋、互相学习。两人的关系可谓是亦师亦友。

到了晚年，欧阳修的政治思想趋于保守，而王安石的政治主张则趋于前卫与创新，所以欧阳修成为了保守派，反对王安石变法，曾多次上书朝廷要求终止青苗法。而王安石则是新法的主持者和推行者，两人政见发生了改变，可说是政敌，但政治上的分歧并没有影响他们的私交。

叠题乌江亭[1]

百战疲劳壮士[2]哀，中原一败[3]势难回。

江东[4]子弟今虽在，肯[5]与君王卷土来[6]？

◎注释

① 乌江亭：故址在今安徽和县乌江镇，是项羽兵败自刎的地方。

② 壮士：这里指项羽败亡途中的随从将士。

③ 中原一败：指项羽垓下之战战败的事。

④ 江东：指长江下游芜湖、南京以下的江南地区，是项羽起兵之地。

⑤ 肯：岂肯，怎愿。

⑥ 卷土来：即卷土重来。指失败后，认真整顿以求再起。

◎译文

经历过残酷战争洗礼的将士们非常的疲劳和哀伤，

声势浩大的垓下之战一败涂地后大势已难以挽回。

即便是那些追随西楚霸王的江东子弟至今都还在，

但谁能保证他们会为项王卷土重来而拼死杀敌呢？

◎创作背景

唐代诗人杜牧有一首《题乌江亭》诗，宋仁宗至和元年（1054 年）秋，王安石在舒州通判任上期满，赴京时途经乌江亭所在地和州（今安徽和县），针对杜牧的议论，写了这首《叠题乌江亭》。

◎赏析

这是王安石针对杜牧的诗写的一首诗，表达了他对项羽失败的看法。王安石根据自己的理解，认为项羽的失败已成定局，即便是江东子弟还在，项羽也不可能再带领江东子弟卷土重来，江东弟子不一定会为战争继续卖命。

“百战疲劳壮士哀，中原一败势难回”，开篇就以史实扣题，针对项羽的失败直接指出“势难回”。楚霸王的转折点在“鸿门宴”，没能杀成刘邦，“垓下之围”时已经面临着众叛亲离的境地。而细数项羽失败的原因，最大的因素恐怕就是他自身的刚愎自用吧。所以“壮士哀”就隐含着这样的信息，那时的项羽已经失去人心，天时、地利、人和中，人和是最重要的因素，而项羽已经失去，要挽回大业十分艰难，概率也是很低的。

“江东子弟今虽在，肯与君王卷土来”，以辛辣的口吻明确表示，即使项羽真的重返江东，江东子弟也不会替他卖力的。杜、王的观点不同，是因为他们的出发点和立场不同。杜牧着眼于宣扬不怕失败的精神，是借题发挥，是诗人咏史；王安石则审时度势，指出项羽败局已定，势难挽回，反驳了杜牧的论点，是政治家的咏史。诗中最后的反问道出了历史的残酷与人心向背的变幻莫测，也体现出王安石独到的政治眼光。

如果说杜牧是为项羽翻案，那么王安石则是为历史本身翻案，人与历史的关系本来就是“顺之则昌，逆之则亡”。这首诗中，作为一名杰出的政治家，王安石将变法中的革新精神带到咏史诗的创作中，表达自己的政治观点，对前人提出质疑，这也是一种创新。这种史论史评标志着王安石完成了咏史诗从叙事体向抒情体，最终走向议论体的转变，对当时的诗文革新运动起了推动作用。

王安石的诗，虽十分辛辣冷峻，但却抓住了人心向背是胜败的关键这个根本，可以说是一针见血。

◎轶闻异物录

唐代诗人杜牧

杜牧（803 年—约 852 年），字牧之，号樊川居士，京兆万年（今陕西西安）人。杜牧是唐代杰出的诗人、散文家，是宰相杜佑之孙，杜从郁之子。唐文宗大和二年（828 年），时年二十六岁的杜牧中进士，授弘文馆校书郎。后赴江西观察使幕，转淮南节度使幕，又入观察使幕，历任国史馆修撰，膳部、比部、司勋员外郎，黄州、池州、睦州刺史等职。

因晚年居长安南樊川别墅，故后世称“杜樊川”，著有《樊川文集》。杜牧的诗歌以七言绝句著称，内容以咏史抒怀为主，其诗英发俊爽，多切经世之务，在晚唐成就颇高。杜牧人称“小杜”，以别于杜甫的“大杜”。与李商隐并称“小李杜”。

杜牧的文学创作有多方面的成就，诗、赋、古文都跻身名家。杜牧主张凡为文以意为主，以气为辅，以词句为之兵卫，对作品内容与形式的关系有比较正确的理解，并能吸收、融汇前人的长处，以形成自己特殊的风貌。他的古体诗受杜甫、韩愈的影响，题材广阔，笔力峭健。他的近体诗则以文辞清丽、情韵跌宕见长。七律《早雁》用比兴托物的手法，对遭受回纥侵扰而流离失所的北方边塞人民表示同情，婉曲而有余味。《九日齐山登高》以豪放的笔调写自己旷达的胸怀，而又寓有深沉的悲慨。晚唐诗歌总的趋向是藻绘绮密，杜牧受时代风气影响，也有注重辞采的一面。这种重辞采的共同倾向和他个人“雄姿英发”的特色相结合，风华流美而又神韵疏朗，气势豪宕而又精致婉约。

北陂杏花

一陂[1]（bēi）春水绕花身，花影[2]妖娆各占春。
纵[3]被春风吹作雪，绝胜[4]南陌[5]碾成尘。

◎注释

① 陂：池塘的意思。
② 花影：花枝在水中的倒影。
③ 纵：即使。
④ 绝胜：远远胜过。
⑤ 南陌：指南面的道路。

◎译文

一池满满的春水多情地环绕着杏林涓涓而流，
娇艳的杏花与水中花影相映成趣，平分春色。
即使是被无情的东风吹得像漫天飞舞的白雪，
也胜过路边的花儿凋零后任人践踏碾成尘土。

◎创作背景

这首绝句约写于宋神宗熙宁九年（1076年），王安石贬居江宁之后，是他晚年心境的写照。王安石是宰相中的读书人，晚年后的绝句有不少是直追唐人的，不仅以议论入诗，而且他的议论与描述结合得很紧，议论不浅白直切，含蕴有味，更有哲理和情致。

◎赏析

这首诗通过描写北陂杏花的娇媚之美，表现了杏花高洁的品性，寄情于物，抒发了诗人刚强耿直的个性和孤芳自赏的人生追求。

“一陂春水绕花身，花影妖娆各占春”，写景状物，描写杏花临水照影之娇媚。“一陂春水绕花身”点明杏花所处地理位置。一池碧绿的春水环绕着杏树，预示着勃发的生机。“绕”字用得精巧，既写陂水曲折蜿蜒之流势，又写水花之相依相亲。王安石爱用“绕”字摹写山形水势，如他在《江上》一诗中说:“青山缭绕疑无路,忽见千帆隐映来。”在《书湖阴先生壁》(其一) 中写道:“一水护田将绿绕，两山排闼送青来。”又在《钟山即事》中说“涧水无声绕竹流”，有清婉、柔媚、幽静之感。

“花影妖娆各占春”，从花与影两个方面写杏花的绰约风姿：满树繁花竞相开放，满池花影摇曳迷离。“妖娆”二字本用于写人，这里用于描绘杏花，展现了杏花争奇斗艳的景色 。一个“各”字,表明在诗人眼中,花与影一样美艳、多情,一样令人流连忘返、沉迷自失，说明王安石写花善于从本体和投影两方面着手，而这样刻画，既虚实相生，使景物更具立体的美，另一方面也透露出诗人的审美趣味，即对虚静恬淡之美情有独钟。

“纵被春风吹作雪，绝胜南陌碾成尘”，议论兼以抒情，褒扬北陂杏花品性之美。这两句对偶精工，托物言志，耐人玩味。“春风吹作雪”，淋漓地描绘出风吹杏树，落英缤纷，似漫天飞雪，而随波逐流的凄美景象，比喻生动，令人浮想联翩。即便是春风轻拂，娇媚的花儿也不堪吹折，它凋谢了，零落了，这本是让人黯然神伤的。但诗人却偏说它胜过南陌杏花,矜持与自足之意溢于言表。这一对比使人深思:“南陌”在此诗中与“北陂”相对立，这两个背景意象包含着一种空间的隐喻。若说清幽静谧的“北陂”是远离浮世喧嚣的隐逸之所,则“南陌”正是熙来攘往、物欲横陈的名利之场。“南陌”繁华，“北陂”僻静;“南陌”热闹，“北陂”空寂；北陂杏花即使零落了，尚可在一泓清波中保持素洁；而南陌的杏花要么历尽亵玩、任人攀折，要么凋零路面、任人践踏，碾成尘土，满身污秽。若说这南陌杏花是邀功请赏、党同伐异的得势权臣的影射，则北陂杏花是诗人刚强耿直、孤芳自赏的自我人格的象征。“纵”与“绝”，呼应紧密，激浊扬清，掷地有声地表明他的政治立场与人生操守。

绝句由于篇幅短小，切忌一气直下，没有波折。这首诗句句写临水杏花，第二句承第一句，第三、四句承第二句，却宕开一层，以“纵被”领句，用“绝胜”作呼应，跌宕有致，富于曲折变化。这样布局，有直写，有侧写，有描绘，有议论，诗人爱好高洁的品格也就贯注其中了。

◎轶闻异物录

与杏花相关的诗歌

绝句（志南）

古木阴中系短篷，杖藜扶我过桥东。
沾衣欲湿杏花雨，吹面不寒杨柳风。

清明（杜牧）

清明时节雨纷纷，路上行人欲断魂。
借问酒家何处有？牧童遥指杏花村。

临安春雨初霁（陆游）

世味年来薄似纱，谁令骑马客京华。
小楼一夜听春雨，深巷明朝卖杏花。
矮纸斜行闲作草，晴窗细乳戏分茶。
素衣莫起风尘叹，犹及清明可到家。

桃源行[1]（xíng）

望夷宫[2]中鹿为马[3]，秦人半死长城[4]下。
避时[5]不独商山翁[6]，亦有桃源[7]种桃者。
此来种桃经几春[8]，采花食实枝为薪[9]。
儿孙生长与世隔，虽有父子无君臣。
渔郎漾舟[10]迷远近，花间相见因相问。
世上[11]那知古有秦，山中[12]岂料今为晋。
闻道长安[13]吹战尘[14]，春风回首一沾巾。
重华[15]一去宁[16]复得，天下纷纷经几秦。

◎注释

①行：古代诗歌的一种体裁，又称“歌行”。

②望夷宫：秦国的宫名，秦相赵高在此杀秦二世胡亥。

③鹿为马：据史料记载，赵高想作乱，又担心群臣不听他的，于是指着鹿问“这是马，对吗”，凡回答说是鹿的人都被他杀了。此后，人们就以“指鹿为马”来比喻那些有意颠倒黑白、混淆是非的人。这里用来概指秦国政治环境的黑暗。

④长城：秦始皇统一中国后，为了防御匈奴南侵，乃修筑长城。由于工程浩大，环境艰苦，死了不少人。这里用来指代秦国繁重的劳役。

⑤避时：是指逃避乱世的意思。

⑥商山翁：指秦末汉初隐居于商山（在今陕西商县东南）的东园公、甪里先生、绮里季、夏黄公四老人，史称“商山四皓”。

⑦桃源：代指桃花源。

⑧经几春：度过了多少冬春。

⑨薪：指柴火。

⑩漾舟：泛舟的意思。

⑪ 世上：这里指渔人。

⑫ 山中：这里指桃源中人。

⑬ 长安：西汉的首都，这里泛指中原故国。

⑭ 吹战尘：指发生战乱。西晋先是有“八王之乱”，随后是外族入侵，终至灭亡。

⑮ 重华：即舜，名重华，传说上古时代的贤君。

⑯ 宁：岂。

◎译文

望夷宫里有指鹿为马的人，秦人多半已死在长城脚下。

逃避乱世的不仅商山四老，也有桃花源里的种桃人家。

来这里种桃度过多少春秋，喝桃花蜜吃桃子树枝做柴。

子孙在这里生活与世隔绝，有父子之尊卑却不分君臣。

捕鱼的人荡着船不知远近，在桃林深处相见彼此相问。

那里的人只记得古代有秦，山中人岂能料到如今是晋。

听说长安又吹起滚滚战尘，春风中回首往事泪水沾衣。

舜帝一去难再得，天下纷纷扰扰能经几次似秦末战祸。

◎创作背景

这首诗具体创作时间待考。王安石借陶渊明《桃花源诗》和《桃花源记》里描绘的一个与世隔绝、无君无臣、康乐宁静的理想社会图景，进行一番再创作，表达出他对现实社会残酷、久乱难治的一种看法。

◎赏析

作者通过洗消桃源传说的神仙色彩，而着眼于历史的兴亡，展示一个真实存在的人间世界，既表达出诗人对乱世的不满，又道出了他对淳朴平等社会的向往，反映出作者致君尧舜的理想，充分体现其政治家的诗作特点。

“望夷宫中鹿为马，秦人半死长城下。避时不独商山翁，亦有桃源种桃者”，作者以翻新陶诗开篇，点明了桃花源的来历。陶渊明的《桃花源诗》：“嬴氏乱天纪，贤者避其世。黄绮之商山，伊人亦云逝。”本诗先列举两件事：一是指鹿为马杀胡亥，二是修筑长城害民伤财，说明秦政昏暗朝纲乱，民心尽失，并独创“种桃者”，有桃源避世追求和平之意。

“此来种桃经几春，采花食实枝为薪。儿孙生长与世隔，虽有父子无君臣”，写桃源与世隔绝、自由平等的社会生活。诗中“种桃经几春”“采花食实枝为薪”，说明桃源中人远离尘嚣，超凡脱俗，过着淳朴自然的生活，情趣无穷。使人耳目一新的是作者独创“虽有父子无君臣”之句，虽源于陶诗“秋熟靡王税”，却道出了桃源世界天高皇帝远；虽有血缘亲情，但没有封建等级制度，人人自由平等。

“渔郎漾舟迷远近，花间相见因相问。世上那知古有秦，山中岂料今为晋”，概括《桃花源记》故事的主要内容以及渔人与桃源人的交流感叹。渔人荡舟迷航入桃源，彼此惊叹。“因相问”和“山中岂料今为晋”则出于《桃花源记》中“见渔人，乃大惊，问所从来”“不知有汉，无论魏晋”诸语的缩写。“世上那知古有秦”是说世人不入桃源，故难知道暴秦无道的具体情况。此句说明桃源中人自秦就隐居于此，在此居住了汉、魏、晋多个朝代不受王化，不管人世沧桑之变。

“闻道长安吹战尘，春风回首一沾巾。重华一去宁复得，天下纷纷经几秦”，作者借桃源人之口抒发对天下战乱不息、朝代替换的感慨。经过秦末大乱的桃源人，听得如醉如痴，因而回首往事有感于战乱之苦，悲泪泣下而沾巾，感叹像尧舜一样贤明的君主已不复出现了。桃源人只经过一次秦末之乱已不堪其苦，哪知天下改朝换代，历遭多次似秦末之战祸、沧桑之变故的残酷现实。真是可叹可悲！此四句充分反映了作者对乱世的厌恶与对和平自由平等生活的向往。

这首诗注重整体脉络的谋篇布局，虽不做具体的描绘，却极富新意，体现了宋诗以议论为主的特点。词句较为精炼，反映出王安石深厚的文学功力和艺术再创造的驾驭能力。

◎轶闻异物录

望夷宫

据《史记集解·秦始皇本纪》记载：“望夷宫，在长陵西北长平观道东故亭处是也。临泾水作之，以望北夷。”结合文献记载，1989 年 3 月，咸阳市文物普查队对望夷宫遗址进行了一次详细考察和论证。这次考察确认：望夷宫遗址位于泾阳县蒋刘乡五福村和二杨庄北部，北达泾河岸边，从裸露的砾层判断，该遗址范围东西六百余米，南北五百余米，总面积为三十余万平方米。在遗址中心区域，建筑遗物堆积层厚达一米以上，有典型的秦代板瓦、筒瓦、葵纹瓦及各式卷云纹瓦当、铺地砖、空心砖等。

据《史记·秦始皇本纪》记载，望夷宫是秦始皇为瞭望北方少数民族入侵而建造的。后来爆发声势浩大的秦末农民起义，项羽入关，刘邦也打到了武关，秦王朝处于风雨飘摇之中。当时身为中丞相的赵高，生怕秦二世降罪于己，便先发制人，于前 207 年与其弟郎中令赵成、女婿咸阳令阎乐，带吏卒千余人，里应外合，斩卫令而入，逼迫二世胡亥自杀于望夷宫殿门。

葛溪[1]驿[2]

缺月[3]昏昏漏[4]未央[5]，一灯明灭[6]照秋床。

病身最觉风露早，归梦不知山水长。

坐感岁时[7]歌慷慨，起[8]看天地色凄凉。

鸣蝉更乱行人[9]耳，正抱疏桐叶半黄。

◎注释

①葛溪：今江西省弋阳县。

②驿：驿站，是古代官方设立的旅店，主要供传递官府信息的信差休息使用。

③缺月：月亮不圆的时候。

④漏：漏壶，古代的一种计时器。

⑤未央：表示未尽的意思。

⑥明灭：忽明忽暗。

⑦岁时：岁月，时光。

⑧起：起来。

⑨行人：这里是诗人自指。

◎译文

一轮残月挂中天，昏蒙蒙，滴漏已到一半，夜正长，

一盏小小的油灯，忽明忽暗，静寂地照耀着我的床。

多病的身子，最能够早早地感觉到风霜袭来的寒意，

梦中回到了家乡，不知道远隔千山万水，道路漫漫。

披衣而坐，纷扰的世事乱入胸怀，禁不住慷慨高歌，

夜不能寐只得起床徘徊，俯仰天地，只见一片孤凄。

窗外凄切的蝉鸣声，声声传入耳中，使我的心更乱，

鸣蝉紧抱着萧疏的梧桐树，树上叶子有一半已泛黄。

◎创作背景

这首诗作于宋仁宗皇祐二年（1050年）。当时王安石从临川去钱塘，途经弋阳，宿在驿站中，听到夜间秋蝉的鸣叫声，吵吵嚷嚷，更加难以入睡，写下了这首诗。

◎赏析

这首诗通过描写缺月、孤灯、风露、鸣蝉、疏桐等衰残的景象，构成凄凉的秋景和孤寂的旅况，表达了诗人羁旅独苦的处境以及家国之思的情怀。

“缺月昏昏漏未央，一灯明灭照秋床”，这是从情上布景。“缺月昏昏”是诗人仰视窗外之所见。行役之人每到夜间最易萌生思乡之情，当此之时，人地两疏，四顾寂寥；唯有天上的明月可以与家人千里共赏，故抬头望月，实为寄托乡思之情。这首诗写月亦寓此意，而天公偏不作美，今夜悬挂于天庭的，竟是半轮缺月，且月色“昏昏”，犹如一团惨白的愁雾。“漏未央”是诗人侧耳枕上之所闻。诗人于扫兴之余，便希望早入梦乡。怎奈原先并不十分在意的漏壶，此刻也仿佛故意作难，滴水声似乎越来越响。这在不眠之人听来，又增添了烦乱，“未央”两字，不仅暗示入夜深，且摹写诗人对漏声的敏感与厌烦心情，更兼一灯如豆，忽明忽暗，这孤寂的旅况更加使人难以为怀，而独卧秋床的诗人目不交睫、辗转反侧的苦颜，也就可想而知了。

“病身最觉风露早，归梦不知山水长”，直接叙写羁旅的困顿和抒发乡思之愁。出句写旅夜的悲苦境遇有三重不堪。病中行役，体弱衣单，值此秋风萧瑟的凉夜，不仅肉体上有切肤透骨的寒意，而且连心灵也仿佛浸透在凄寒之中。诗人以其超越常人的深情敏感去体察、品尝人间的苦果，自有一种超越常人的深悲极痛。对句以恍惚的梦境写自己难以排遣的乡愁。但凡思家心切，总希望借梦境与家人团聚，但梦醒之后，往往更增怅惘空寞之感。此句虽未明言梦醒后的难堪，但“最觉风露早”五字已透露梦醒的原因，“不知山水长”五字正是梦醒后的感叹。

“坐感岁时歌慷慨，起看天地色凄凉”，写忧国之思。“坐感岁时歌慷慨”，是说诗人一想到时势的艰难，连那无穷的乡愁和病身的凄寒都在所不顾，毅然坐起，情不自禁地慷慨悲歌。王安石是个爱国主义者，他自涉足仕途以后，对人民的贫困，国力的虚耗，政治上的种种利弊有比较深刻的认识，希望通过改革来解决社会危机。在此之前，他曾写了《省兵》《读诏书》等关心政治与民瘼的诗篇，诗中慷慨陈词：“贱术纵工难自献，心忧天下独君王。”（见《读诏书》）“歌慷慨”三字正是他“心忧天下”的具体写照。对句“起看天地色凄凉”，写诗人于壮怀激烈、郁愤难伸的情况下起身下床，徘徊窗下。小小的斗室装不下诗人的愁思，只好望着窗外的天地出神，但映入诗人眼帘的，仅是一片凄凉的景色而已。此句将浓郁的乡思、天涯倦怀、病中凄苦及深切的国事之忧融为一体，复借景色凄凉的天地包举团裹，勿使吐露，似达而郁，似直而曲，故有含蓄不尽之妙。综观中间两联，一写乡思，一写忧国之思，名虽为二，实可融贯为一，统称为家国之思。这正合上文所谓“融贯变化，兼之斯善”的要求。

“鸣蝉更乱行人耳，正抱疏桐叶半黄”，诗人以鸣蝉作喻，寄托他对于麻木浑噩的世人的悲悯，并借以反衬出诗人内心的悲慨。“行人”即是诗人自指，说明诗人等到天明，重登征途，顾视四野，仍无可供娱心悦目之事，唯有一片鸣蝉之声聒噪耳际。“乱”字形容蝉声的嘈杂烦乱，正可以衬托诗人心绪的百无聊赖。“乱”字之前着一“更”字，足见诗人夜来的种种新愁旧梦及凄苦慷慨之意仍萦绕心头，驱之不去，而耳际的蝉声又增其莫可名状的感慨。结句写秋蝉无知，以“叶半黄”的疏桐为乐园，自鸣得意，盲目乐观，以此比喻朝中那些反对变法的大臣属于无知的鸣蝉，抱着快要枯萎的树叶在自鸣得意。

全诗以作者敏感的政治触角为契机，抒写了强烈的忧国忧家的感情，这种感情随着时间的推移顿挫盘纡而出，并显示其转折变化的深度与广度，因此极尽曲折往复之致。

◎轶闻异物录

驿　站

我国是世界上最早建立有组织的信息传递系统的国家之一。最远可追溯至三千多年前的商代甲骨文。驿传是我国早期有组织的通信方式。

驿站，是古代供传递军事情报的官员途中食宿、换马的场所。乘马传递曰驿，是边疆防卫军传递信息的重要手段，乘船传递曰水驿，古为海关、水师、海军所管。

殷墟出土的甲骨文中发现有（壴女）与（亻壴）字，是与传递讯息有关的文字。周朝设有烽火台及邮驿传递军事情报。至汉朝每三十里置驿，由太尉执掌。

唐朝邮驿设遍全国，分为陆驿、水驿及水陆兼办三种，驿站设有驿舍，全国共有一千六百三十九个驿站，人员共二万人。天宝十四载（755 年）十一月九日，安禄山在范阳起兵，两地相隔三千里，六日后事件即传至京城，可见效率之高。

宋朝驿卒由兵卒担任，规模不如唐朝。岳飞一日之内在前线接到十二道金牌，被从前线强迫召回临安，即是朱漆金字牌，含有十万火急之意。

元朝疆域辽阔，为了维持庞大的帝国，强化了驿站制度，时称站赤。《经世大典》记载当时有站赤一千四百九十六处，藏区共设大驿站二十八处，小站七至八处。

明代在全国皆建有驿站，称为驿递，每隔十里置铺，有铺长；

六十里设驿，有驿丞。沿线每六十至八十里设一驿站，全国共有驿站一千九百三十六个；还设立了急递铺和递运所，以加强物流信息，并接待出公差的官员。

清朝设驿站共一千七百八十五处，传讯最高速达每日八百里，往往到站时人仰马翻，俗称“六百里加急”及“八百里加急”等，如此类推。

题西太一宫[1]壁二首

其　一

柳叶鸣蜩（tiáo）绿暗，荷花落日红酣[2]。

三十六陂[3]（bēi）春水[4]，白头想见江南。

其　二

三十年前此地，父兄持[5]我东西。

今日重来白首，欲寻陈迹都迷。

◎注释

①西太一宫：道教庙宇，宋仁宗天圣年间所建。洪迈《容斋三笔》："西太一宫，在汴京（今河南开封）西南八角镇。"

②"柳叶"二句：一作"草色浮云漠漠，树阴落日潭潭"。鸣蜩：蝉的鸣叫。酣：浓透。

③三十六陂：池塘名，在汴京附近。陂：池塘的意思。

④春水：一作"流水"。

⑤持：携带的意思。

◎译文

其　一

浓密的柳叶深处，蝉儿正在知知鸣叫，

落日映照下的莲花色泽更加红艳动人。

看着三十六陂池塘里的水在静静地流，

让已经满头白发的我想起了江南水乡。

其　二

回想起三十年前我刚刚来到这里，

父亲和兄长带领我看遍此处风景。
今天故地重游我已是头发花白了，
想寻找往事的踪迹不禁令人迷茫。

◎创作背景

这组诗是宋神宗熙宁元年（1068 年）诗人到京城后重游西太一宫时即兴吟成，题写在墙壁上的作品，即题壁诗。

宋仁宗景祐三年（1036 年）王安石随其父王益来到汴京，曾游西太一宫。宋仁宗嘉祐六年（1061 年），王安石任知制诰，其母吴氏死于任所，他又扶柩回江宁居丧。

宋神宗熙宁元年（1068 年），王安石奉宋神宗之召入汴京，准备变法，王安石重游西太一宫。此时距初游之时已经三十二年了，王安石也已四十八岁，快到知天命的年龄。在初游与重游的漫长岁月里，王安石父母双亡，家庭变故，国事难为，自己在事业上也屡屡受挫，没有达到理想的政绩，触景生情，感触很深，写下这两首诗。两首诗都蕴含了落叶归根之意，亦兼有韶华易逝的慨叹和日暮乡关的愁绪。

◎赏析

第一首诗由眼前的夏日美景联想起江南故乡的风光，抒发对故乡、亲人的思念之情。第二首诗回忆初游西太一宫的情景，表现了对当年父兄同游之乐的无限眷恋。

“柳叶鸣蜩绿暗，荷花落日红酣”，写所见景物，纯以名词巧妙组合来达到色彩对比的鲜明。“绿”对应着“暗”，极写柳叶之密，柳色之浓。“柳叶”与“绿暗”之间加入“鸣蜩”，那些知了隐于浓绿之中，不见其形，只闻其声，视觉形象与听觉形象浑然一体，有声有色。“红”对应着“酣”，把荷花拟人化，令人联想到美人喝醉了酒，脸庞泛起了红晕。“荷花”与“红酣”之间加入“落日”，不仅点出时间，而且表明那本来就十分娇艳的荷花，由于落日的斜照，更显得红颜似醉。

“三十六陂春水，白头想见江南”，有回环往复之妙。就是说，读完“白头想见江南”，再读“三十六陂春水”。眼下是夏季，但眼前的陂水却像江南春水那样明净，因而就联想到江南春水。“三十六陂春水”描写池塘水，写的不仅是眼前的水，更主要的，还是回忆中的江南春水。最后一句“白头想见江南”，由眼前的景色联想到故乡，含蓄地表现了抚今追昔、思念亲人的情感。“白头”与“绿暗”“红酣”的美景对照，但这对照在“白头”人的心中却引起无限波澜，说不清是什么滋味。

“三十年前此地，父兄持我东西”，回忆初游西太一宫的情景。三十年是概指，当年初游此地，诗人还小，跟着父亲和哥哥，从东走到西，从西游到东。而岁月流逝，三十多年过去了，父亲早已去世，哥哥也不在身边，真是“向之所欢，皆成陈迹”。

“今日重来白首，欲寻陈迹都迷”，“欲寻陈迹”，表现了对当年父兄同游之乐的无限眷恋。然而连“陈迹”都无从寻觅了。

四句诗，从初游与重游的对照中表现了今昔变化——人事的变化，家庭的变化，个人心情的变化，言浅而意深，言有尽而情无极。

这两首诗所写的是同一情事，是一个整体，只有在整体上理解了这两首诗之后，才能更好地理解其中的每一首。第一首是由真入幻，触景生情，以兴象的方式来传达诗意，既有意境，也有意味；第二首则不具备第一首的色彩、意象之美，它是以叙述的方式来传达诗意，但却语意简明而含蓄。言浅而意深，同样有着言有尽而情无极的韵味。

题壁诗

题壁诗是古代诗歌中的瑰宝。题壁诗有多种类型。就载体而言，题壁诗虽然都是题在墙壁上，但墙壁又有寺壁、石壁、邮亭壁、殿壁、楼壁之分。就内容而言，题壁诗皆有感而作，是有所寄托的。大致可分为：政治抱负类，这类诗大多对现实不满，不平则鸣；遇难求助类，生活困难，乞求得到社会赞助，题诗于壁，广而告之，有的甚至带有商品性质，题诗者据以牟利；志趣爱好类，有些诗颇富哲理，堪称警句。

题壁诗始于两汉，盛于唐宋。汉末师宜官是可考的最早题壁者之一。师宜官，东汉南阳人，书法家。这是古代题壁的最早记载，可惜其题壁的具体内容已不可考。

汉代以后，题壁者代不乏人。南北朝时期，题壁诗渐多。唐代，题壁诗骤然大增，开始形成一种风气。唐宪宗元和间，白居易、元稹诗歌盛行一时，题元、白诗歌于壁者到处可见，据元稹《白氏长庆集序》："二十年间，禁省、观寺、邮候墙壁之上无不书，王公妾妇、牛童马走之口无不道。"元稹甚至尽日"不离墙下"，欣赏题壁诗，可见官壁、驿墙壁题诗之多。

宋代题壁之风方兴未艾，可考的著名题壁诗有苏舜钦《题花山寺壁》、王安石《书何氏宅壁》、杨万里《题龙归寺壁》、陆游《题酒家壁》、苏轼《题西林壁》等。

为什么唐宋时期题壁成风呢？一，唐宋时期，尤其唐代，诗歌创作达极盛，题壁诗之多，正是当时诗歌创作繁荣的具体体现之一。二，"题壁"是唐宋时期诗人"发表"作品的途径之一。唐宋时期虽然已经发明了雕版印刷，但由于当时印刷能力很有限，还有大量诗歌不能刻印出来，"题壁"就成为一种"发表"诗作的最佳方式。题壁简单易行，只要把作品写在墙壁上，天南海北的过往行人见而读之，就可传播开来。

示长安君[①]

少年离别意非轻[②]，老去相逢亦怆（chuàng）情[③]。

草草[④]杯盘[⑤]供笑语，昏昏[⑥]灯火话平生。

自怜湖海三年隔，又作尘沙万里行。

欲问后期[⑦]何日是，寄书应见雁南征。

◎注释

①示长安君：写给长安君的。长安君：王安石的大妹妹，名叫王文淑，是工部侍郎张奎的妻子，封为长安君。

②意非轻：表示情意很重的意思。

③怆情：悲伤的意思。

④草草：随便准备的。

⑤杯盘：指酒和菜。

⑥昏昏：昏暗，光线暗淡。

⑦后期：以后再相见的日期。

◎译文

年轻时候别离的情意也不是那么容易就忘记，
如今老了，即使是相逢，也免不了有些悲伤。
随意准备些酒菜就好，能见面聊聊才更开心，
夜已深，就着昏暗的灯火，互相倾吐别离情。
想一想我们天南海北的分离已经三年过去了，
现如今刚刚相见又要冒着风沙到万里之外去。
想要问我下次兄妹相见的日期能不能定下来？
若你见到鸿雁南飞，定是我捎来的平安家信。

◎创作背景

这首诗作于宋仁宗嘉祐四年（1059 年）冬，当时王安石即将出使辽国。王安石与他的大妹王文淑感情很深，这次隔了三年再见面，见面后马上又要分别。多年来，王安石仕履匆匆，其妹也随夫远宦，两人离多会少，此番又是短聚，也不知后会何期，所以写了这首记录和感慨亲情难舍、兄妹情深的诗。

◎赏析

这首诗通过抒写兄妹情，表达了真挚而又深沉的相逢之欢与离别之悲。

“少年离别意非轻，老去相逢亦怆情”，以议论起笔，依次递进，展开说自己是个很重感情的人，在年轻时就对离别看得很重，到了年老，即使是会面，也引起心中的伤悲。“亦怆情”，年老了，见一次少一次，所以相见时对未来充满感伤之情。同时也表达出，因为伤离别，所以对会面也感到心情沉重起来。

“草草杯盘供笑语，昏昏灯火话平生”，描写见面时的亲情。“草草杯盘”，兄妹俩随意准备了些酒菜，只是为了把酒谈话，话很多，一直到夜间，还在昏暗的灯光下说着。这两句，很形象地描绘了兄妹俩的感情，都是将眼前实事组织进诗，显得十分亲切，比那些着意雕镂、粉饰拔高的话自然得多，正因如此，这联成为传诵的名句。同时，王安石的诗以善用叠字闻名,这联中两个叠字也用得很成功。“草草”二字，说出了兄妹俩的感情至深，用不着世俗的客套，能够相见已是最大的满足，描绘了和睦温暖的家庭气氛。“昏昏”二字，写两人把酒言谈，灯油已快干，灯火已昏暗，仍顾不上休息。

“自怜湖海三年隔，又作尘沙万里行”，刚刚叹息已经三年没见面，知心话说不完，眼下马上又要到万里外的辽国去，诗情便自然而然地转入惆怅。

“欲问后期何日是，寄书应见雁南征”，妹妹挂念地问：“以后什么时候再相见？”兄长只能含糊地回答：“见到大雁南飞，我就会从北国带回消息了。”其实，诗人自己也不能预料会面的日子。诗就在无可奈何的情感中结束，留下了一丝怅惘、一个悬念、一份淡淡的哀伤。

这首诗没用一个典故，把人所习见的家庭生活细节拣选入诗，而以传神的语言表达出来，是那么质朴自然，因而成为王安石七律中的名作。

◎轶闻异物录

辽　朝

辽朝（907 年—1125 年）是我国历史上由契丹族建立的朝代，共传九帝，享国二百一十九年。

907 年，辽太祖耶律阿保机成为契丹部落联盟首领，916 年始建年号，国号“契丹”，定都上京临潢府（今内蒙古赤峰市巴林左旗南波罗城）。947 年，辽太宗率军南下中原，攻占汴京（今河南开封），耶律德光于汴京登基称帝，改国号为辽，改年号为“大同”。983 年复更名“大契丹”。1007 年辽圣宗迁都中京大定府（今内蒙古赤峰市宁城县）。1066 年辽道宗耶律洪基复国号“辽”。1125 年被金国所灭。

辽末，贵族耶律淳建立北辽，与西夏共同抗金，后被金灭。辽朝宗室耶律留哥与其弟耶律厮不分别建立了东辽和后辽，最后东辽灭后辽，东辽又被蒙古所灭。辽国亡后，耶律大石西迁到中亚楚河流域建立西辽，定都虎思斡耳朵，1218 年被蒙古所灭。1222 年西辽贵族在今伊朗建立了小政权后西辽，又被蒙古所灭。

辽朝强盛时期疆域东到日本海，西至阿尔泰山，北到额尔古纳河、大兴安岭一带，南到河北省南部的白沟河。

契丹族本是游牧民族，为保持民族性，将游牧民族与农业民族分开统治，开创出两院制的政治体制，并创造契丹文字，保存自己的文化。唐朝灭亡后，辽朝的军事力量与影响力涵盖西域地区，中亚、西亚与东欧等地区更将辽朝（契丹）视为中国的代表称谓。

午　枕[1]

午枕花前簟[2]（diàn）欲流，日催红影[3]上帘钩。

窥人鸟唤悠扬[4]梦，隔水山供[5]（gōng）宛转[6]愁。

◎注释

① 午枕：午睡的意思。

② 簟：指用蕲竹所制竹席，凉席。

③ 红影：红色的花影。

④ 悠扬：飘忽不定。

⑤ 供：这里是引起的意思。

⑥ 宛转：缠绵，难以名状。

◎译文

在花前睡了一个午觉，竹席清凉如水波欲流，

斜阳照花枝，婆娑的红色花影映上我的帘钩。

偷偷看人的小鸟叽叽喳喳声惊起我飘忽的梦，

隔水望青山，山峦重叠，恰似心头悠悠清愁。

◎创作背景

这首诗作于宋神宗元丰八年（1085 年），当时王安石变法失败后，辞职退居江宁（今南京），一日午睡醒来，发现春光动人，便作此诗，以寄托自己对国家前途的担忧之情。

◎赏析

这首诗通过描写午梦初醒时的所见、所感、所思，抒发兴废之愁。

“午枕花前簟欲流，日催红影上帘钩”，写春日午睡时将睡未睡的感觉。“花前”点出是春天季节，又照应下句的“红影”；“簟欲流”既指卧席波浪形的花纹，又指竹席光滑清凉如水，睡意蒙眬间，仿佛感到竹席变成了缓缓流动的波浪，十分惬意。次句写睡醒之感，这一觉睡得舒适漫长，醒来时只见花影投射到帘钩之上，正午花影最短，不会遮住帘钩，故而可看出此时日光已经西移，“催”字表达出惊讶时光过得飞快的心理感觉，又从侧面形容梦之酣畅。“簟欲流”和“日催红影”，或写出幻觉中的动感，或将太阳拟人化，炼字琢句新鲜独创，雅丽精绝。

“窥人鸟唤悠扬梦，隔水山供宛转愁”，写醒来后心理的落差和变化，醒来时耳边有鸟的鸣叫，怀疑美梦正是被鸟鸣搅醒，寻声望去，似乎鸟儿也在窥望自己，于是主观感情倾向认为是鸟儿有意唤醒自己，心头生起一种惆怅之感，再往远处眺望，一水之隔的青山映入眼帘，于是愁绪变得更无穷无尽了。“青山”在这里可说是现实生活的象征，因为它稳定不变并朝夕与自己相伴，看到它，才意识到令人迷恋的梦已飘远，思绪猛然回到现实中，定叫作者愁肠百结。“悠扬梦”给人以美的朦胧感，“隔水山”则展示了美的距离感。从审美的欣赏角度看，朦胧感和距离感有助于增强美感。加上句法新颖，对仗工整，声情和语意浑然一体，令人击节叹赏。

这首诗将午睡醒来、由恍惚到清醒的瞬间感受和心理的复杂变化描写得淋漓尽致。在艺术表现手法上，转折自然，委婉含蓄，整首诗的意境既空灵飘忽、柔婉，又富有一种神秘莫测的美感，体现出诗人极其细腻的内心情感和超凡入圣的艺术表现力，令人百读不厌，回味无穷。

宋神宗赵顼

宋神宗赵顼（1048年—1085年），初名赵仲针，宋英宗赵曙长子，生母宣仁圣烈高皇后，北宋第六位皇帝。生于濮安懿王宫邸睦亲宅。宋英宗治平元年（1064年），进封颍王。治平三年（1066年）十二月，被立为皇太子。治平四年（1067年）正月继位。

宋神宗即位之初，耳闻目睹积贫积弱的困境，即召王安石赴京，推行变法，史称“熙宁变法”。在变法的过程中，神宗以君权的力量，保证了一系列新法的推行。宋神宗熙宁二年（1069年）二月，王安石任参知政事，同年七月至十一月先后颁布实行均输法、青苗法、农田水利法。在熙宁变法期间，王安石任用王韶出兵抗御西夏，拓地五州，史称“熙河开边”。变法虽然在前一阶段取得胜利，但守旧势力的攻击并没有停止。于是，宋神宗开始左右摇摆，勉力维持新政。元丰年间，宋神宗亲自主持改制，希望在保持新法既得成果的基础上，使改革有所推进。宋神宗元丰四年（1081年），西夏皇室内乱，宋神宗以为有机可乘，遂出兵五路伐夏，但深入夏地后各军因粮草不济，无功而返。宋神宗元丰五年（1082年）又听徐禧之计，筑永乐城，西夏发三十万大军围攻永乐城，战败。宋军两次战败，宋神宗希望攻夏雪耻、节省“岁赐”的计划彻底破产。

宋神宗元丰八年（1085年），赵顼在福宁殿忧郁而逝，享年三十八岁，庙号神宗，谥号英文烈武圣孝皇帝，葬于永裕陵，子赵煦嗣位。在守旧势力的反对下，神宗虽然摇摆于新旧两党之间，但他维持新政、坚持变革的决心不变，确是宋朝有抱负、有作为的皇帝。

君难托[1]

槿花[2]朝开暮还[3]坠[4]，妾身[5]与花宁[6]独[7]异。

忆昔[8]相逢俱[9]少年，两情未许[10]谁最先[11]。

感君绸缪[12]逐君去[13]，成君家计[14]良[15]辛苦。

人事[16]反覆[17]那能知，谗言入耳须臾[18]离[19]。

嫁时罗衣[20]羞更著[21]，如今始悟君难托。

君难托，妾亦不忘旧时约。

◎注释

①君难托：意思是你靠不住，很难把什么托付给你。

②槿花：木槿花，早上开，晚上就萎谢了，所以古代文人多用来比喻夫妇之间不能长久的爱情。槿：这里指木槿，一种落叶灌木，锦葵科植物，花期在7—10月。

③还：这里表示就。

④坠：凋落下来的意思。

⑤妾身：古代妇女的自我谦称，一般在对男子说话时用。

⑥宁：岂，难道。

⑦独：表示反问，相当于“难道”。

⑧昔：过去，曾经的意思。

⑨俱：表示都是的意思。

⑩未许：没有肯定的答案，没有定论。

⑪先：此处指感情更深。

⑫绸缪：缠绕，这里形容感情非常融洽。

⑬逐君去：跟随着你去。

⑭家计：家庭生计，生活。

⑮良：这里是实在的意思。

⑯人事：人情。

⑰ 反覆：翻手为云覆手为雨，表示事情变化多端。
⑱ 须臾：片刻，一会儿。
⑲ 离：抛弃，丢弃。
⑳ 罗衣：绢帛做的衣服。
㉑ 更著：再穿的意思。

◎译文

木槿花清早开放黄昏时就已凋谢，
我的命运与花难道有什么不同吗？
回想起过去相逢时都是青春年华，
两情还没有确定时是谁最先提及？
被你缠绵情意所感动我随你而去，
替你操持家务生活琐事辛苦不息。
能预先想到人情的变化如此多端？
你听信诽谤谗言转眼就将我抛弃。
出嫁时的绫罗绸衣，我羞于再穿，
如今才醒悟过来知道你不可依托。
虽然你是不可信赖不能依托的人，
但当初的海誓山盟我仍不能忘记！

◎创作背景

这首诗应写于宋神宗熙宁七年年末至熙宁八年年初（1074 年—1075 年）。宋神宗还在当太子时便对王安石很敬佩，即位不久后开始重用他，全力支持他变法。后由于变法受到阻力极大，宋神宗渐渐失去信心，加之有人屡进谗言，王安石只好自求罢相，此诗应是在这种心境下，退居金陵时写就，具体创作时间待考。

◎赏析

这首诗通过一个弃妇的自白，刻画出一个多情善良的女子在被弃后仍然不忘旧情，诗人借女子讲述自己不幸遭遇和对负心汉的谴责，来抒发自己政治上的失意之情。

“槿花朝开暮还坠，妾身与花宁独异”，起首两句采用传统的比兴手法，以朝开暮坠的槿花来比喻弃妇。她和槿花的命运难道有什么区别吗？用反问来加强语气，实际是作出“毫无区别”的肯定回答。

“忆昔相逢俱少年，两情未许谁最先”，记得我们刚相识时，都还年轻，相互爱慕着，不知是谁先吐露出爱情的心声，两人的爱情简直如胶似漆。这种回忆是最甜蜜的，少男少女最痴情，那个负心汉在当时确实曾真心爱过她。正因为被他缠绵的情意所感动，她才决心跟随他去，把自己的终身幸福托付给他。“君难托”的主题，到此交代了“托”的经过，以下再展示“难”。

“感君绸缪逐君去，成君家计良辛苦”，这是第一难。婚后当了家庭主妇，要操持好全家的生活实在很辛苦。可以想象得出，上有不好侍候的公婆，下有爱挑剔生事的叔姑，众口难调，左右为难。

“人事反覆那能知，谗言入耳须臾离”，这是第二难。人情变化得很厉害，说变就变，翻脸成仇。这里既指男方的亲属，也是说她的丈夫。前者是说坏话、进谗言的人，后者是听信谗言而变心的人。“谗言入耳须臾离”，既是对进谗者的谴责，也是对轻易听信谗言的丈夫的怨恨；从另一个角度来看，这一句也是一个双关语，暗示君臣之间难以相处。“须臾离”形容丈夫离弃她的突然，事起仓促，顷刻之间便把自己抛弃，毫无思想准备，婚变之后，她成了受害人。

“嫁时罗衣羞更著，如今始悟君难托”，一个妇人被丈夫抛弃总是让人感到羞愧的事，哪怕她毫无过错，但要重新穿上娘家带来的出嫁服装回去，真是脸上无光。此时此刻她才醒悟，她把终身托错了人，这个负心汉是多么靠不住啊！全诗至此，应当说叙事已毕，主题已出，意境已尽，可以结束了。

“君难托，妾亦不忘旧时约”，作者再加两句表白来作结尾，真实地表现出女子被休后的留恋之情，抒发一个被罢贬的忠臣的痴情，表现出诗人心理上的矛盾。尽管明白了“君难托”，但那段痴情，那种忠于爱情的品性仍不改变，因为我仍然不能忘掉从前发过的爱情誓约，我还是信守旧时之约，忠诚如初。女主人公的人品与性格被突出了，她的高尚情操更反衬出那负心汉的可耻卑劣，而那种被遗弃的痛苦和怨恨之情也就表现得格外强烈。

这首诗语言直白，情感真挚，借弃妇之言，兴诗人之意，是王安石对宋神宗表示失望和怨怼的政治抒情诗，但这种怨怼并不是一般的消极哀怨，而是我行我素、矢志不渝的表白，既展示出诗人的艺术才华，同时又展示了他的政治抱负。

◎轶闻异物录

木槿花

木槿花，是一种常见的庭院灌木花种，锦葵科木槿属，别名白槿花、椈树花、大碗花、篱障花、清明篱、白饭花、鸡肉花、猪油花。木槿花颜色有淡紫色、深紫色，生长速度较快，枝叶繁茂。

木槿种子入药，称“朝天子”。木槿花营养价值极高，含有蛋白质、脂肪、粗纤维，以及还原糖、维生素C、氨基酸、铁、钙、锌等，并含有黄酮类活性化合物。其花蕾，食之口感清脆；完全绽放的木槿花食之滑爽。用木槿花制成的木槿花汁，有止渴醒脑作用，对高血压病患有食疗作用。

木槿花是韩国和马来西亚的国花。

白沟[1]行

白沟河边蕃[2]塞[3]地，送迎蕃使[4]年年事。

蕃马[5]常来射狐兔[6]，汉兵不道[7]传烽燧[8]。

万里鉏[9]（chú）耰[10]（yōu）接塞垣[11]，幽燕[12]桑叶暗川原[13]。

棘（jí）门[14]灞（bà）上[15]徒儿戏，李牧廉颇[16]莫更论。

◎注释

① 白沟：宋辽之间的界河。西起沉远泊（今河北保定市北面），东至泥沽海口（今天津市塘沽南面），河、泊相连，弯弯曲曲达九百里。

② 蕃：指辽国。

③ 塞：边塞。

④ 送迎蕃使：自宋真宗景德元年（1004年）起，北宋每年要向辽国交纳大量的银两和绢布，两国年年通使往来。故诗中云“年年事”。

⑤ 蕃马：指辽国军人。

⑥ 射狐兔：狩猎野兽，实际是指辽军越境骚扰。

⑦ 不道：不说，不认为有必要。

⑧ 烽燧：烽火，边境上报警的信号。《汉书·贾谊传》载：“斥候望烽燧不得卧。”文颖注曰：“边方备胡寇，作高土橹，橹上作桔皋，桔皋头兜零，以薪草置其中，常低之，有寇即火然举之以相告，曰烽。又多积薪，寇至即燃之，以望其烟，曰燧。”这两句说明宋军对辽国的防御十分松懈。

⑨ 鉏：同“锄”。

⑩ 耰：古代用来平整土地和覆盖种子的农具。

⑪ 接塞垣：延伸到了边界地区。

⑫ 幽燕：指今北京市、天津市、河北北部一带地区。

⑬ 暗川原：山川原野一片翠绿。这两句叙述经过辽国占领区所见的情景。幽燕自古以来就是宋国领土，这片沃土现在却成了辽国的粮仓。

⑭ 棘门：原为秦京宫门，在今陕西咸阳市东北，前158年，匈奴

大举进犯，汉文帝派遣徐厉驻守棘门。

⑮ 灞上：在今陕西西安市东面，是军事要地，汉文帝令刘礼领兵驻守。同时，文帝又派周亚夫驻兵细柳。细柳在今咸阳市西南渭河北岸。文帝在巡视了三个驻地以后，认为细柳营军纪严明，是不可侵犯的部队，说“霸上、棘门军，若儿戏尔，其将（即徐厉、刘礼）固可袭而虏也，至于亚夫可得而犯邪？”（见《史记·绛侯周勃世家》，周亚夫是周勃的儿子）。

⑯ 李牧、廉颇：战国时期赵国（都城在今河北邯郸市）名将，都曾打败过北方的强敌。这两句是批评当时北宋派去防辽的边将庸碌无能，松松垮垮，名为防敌，实同“儿戏”，只是徐厉、刘礼之辈，更无法同李牧、廉颇相提并论。

◎译文

白沟河是宋辽交界的边关要塞之地，
每一年都会在这里送迎辽国的使臣。
辽国人常常以打猎为借口骚扰这里，
边界驻军却不知点燃烽火发出警报。
大宋的边疆是一望万里的平川农田，
幽燕两州的蚕桑占据着重要的地位。
但是守边的将士却把职责当作儿戏，
就更不能与李牧和廉颇相提并论了。

◎创作背景

这首诗写于宋仁宗嘉祐四年（1059年）冬至嘉祐五年（1060年）春，王安石奉命出使辽国，来回都经过白沟这个边关要塞，有感而发，写了这首古体诗。

五代后期，后晋创立者石敬瑭，为借用外力篡夺皇位，拜契丹（后改称辽）主为父，并奉献燕云十六州土地。宋建国后，宋太祖、宋太宗都很想把这块土地收回来，但经过几次交兵都没达到目的。宋太宗感到力不能及，转而采取守势，逐步利用冀北平原的塘、泊、河、渠构筑了一条长达九百里的白沟，作为防御辽兵南下的屏障。

“澶渊之盟”以后，白沟成为法定的宋辽国界。但这样漫长的平

原防御工事在战争中是起不了什么作用的。辽使刘六符就曾经宣称："一苇（船）可航，投箠（chuí 垂，马鞭）可平，不然决其堤，十万土囊可逾（逾）矣。"（见《续资治通鉴》卷四十四）到王安石出使辽国时，塘、泊年久失修，有些地方已能徒步走过，守将庸懦，兵丁都是老弱病残，上下全都丧失警惕，更没什么边防意识可言。幸而辽朝内乱不止，无力南下，白沟两岸总算没有大事发生。而北宋内政不修，国力衰弱，收复燕云十六州早已化为泡影。王安石是一位力图富国强兵，具有远见卓识的政治家、思想家，他亲眼看到大片领土处在异族的统治之下，而边防又是如此糟糕，忧心忡忡而发深长感慨，创作此诗。

◎赏析

这首诗通过描写白沟周边防卫疏松，将士懒散庸懦，表现了作者对当时普遍存在的武备废弛、边将所任非人和轻敌麻痹的现象的深深忧虑，并暗寓了他对当时北宋王朝对辽委曲求和政策的不满。

"白沟河边蕃塞地，送迎蕃使年年事"，宋朝实行妥协、退让、苟安政策，划白沟为界，使白沟河之北尽成辽地，并且年年在这里迎送辽使。

"蕃马常来射狐兔，汉兵不道传烽燧"，辽国常常以打猎为借口骚扰边界，而宋国却放松戒备，不知报警。描写了当时边境上辽国人常来汉地侵扰而北宋军队却轻敌麻痹的情况。

"万里耝稏接塞垣，幽燕桑叶暗川原"，诗人先歌颂祖国包括幽燕之地在内的万里山河，接着目睹了宋边疆一望无际，都是无险可守的农田，而辽国地区桑林密密遮蔽着河川原野的现状。这一强烈的反差给作者以很大震撼。诗中以南北边境地区的情况作对比，揭示了宋朝边防松懈、无险可守，而辽国则深不可测、暗伏杀机的严峻现实。

"棘门灞上徒儿戏，李牧廉颇莫更论"，总结全诗，借用史实，指责宋朝边将视边防如同儿戏，实际上也是批评轻视边防不用良将的宋朝统治者，揭示了山河残破、边塞失防问题的症结所在，深刻有力，不仅在当时有现实意义，对后世也有一定的警戒作用。

这首诗在写作上很有特色：写实简明，议论独到；古今将领比较，形象鲜明，含意深远；结构上由表及里，步步深入，十分严谨；用韵上以四句转韵，平仄韵相递，既转得自然，又使层次更加清晰。整首诗彰显出诗人艺术功力的深厚，以及政治上的敏感性和军事上的敏锐性。

◎轶闻异物录

战国名将李牧

李牧（？—前229年），嬴姓，李氏，名牧，战国时期赵国柏仁（今河北省邢台市隆尧县）人，赵国名将、军事家，与白起、王翦、廉颇并称“战国四大名将”。战国末期，李牧是赵国赖以支撑危局的唯一良将，素有“李牧死，赵国亡”之称。

李牧生平事迹大致可划分为两个阶段，先是在赵国北部边境，抗击匈奴；后以抵御秦国为主，因在宜安之战重创秦军，得到武安君的封号。前229年，赵王迁中了秦国的离间计，听信谗言夺取了李牧的兵权，不久后将李牧杀害。

李牧是战国末年东方六国最杰出的将领，深得士兵和人民的爱戴，有着崇高的威望。在一系列的作战中，他屡次重创敌军而未尝败，显示了高超的军事指挥艺术。尤其是赵破匈奴之战和肥下之战，前者是中国战争史上以步兵大兵团全歼骑兵大兵团的典型战例，后者则是围歼战的范例。他的无辜被害，使赵国自毁长城，令后人无不扼腕叹息。

次韵[1]平甫[2]金山[3]会宿寄亲友

天末[4]海门[5]横北固[6]，烟中沙岸似西兴[7]。

已无船舫[8]犹闻笛，远有楼台只[9]见灯。

山月入松金破碎，江风吹水雪崩腾[10]。

飘然[11]欲作乘桴[12]计，一到扶桑[13]恨未能。

◎注释

①次韵：次韵是一个汉语词汇，指旧时古体诗词写作的一种方式，即和诗的一种，也叫步韵，是按照原诗的韵和用韵的次序来和诗。

②平甫：王安国的字，王安国是王安石的弟弟。

③金山：在今江苏镇江市西北，上有金山寺等名胜。原处于长江中，登陆靠船摆渡。到清代，因泥沙淤而与南岸相通。

④天末：天边，天际的意思。

⑤海门：大海的门户，古代镇江北固山距海比今天要近二三百里。

⑥北固：北固山，在镇江东北。三面临江，北望海口，形势险要，故称北固。南朝梁武帝幸此，改为“北顾”。杨蟠《金山》诗云：“天末楼台横北固，夜深灯火见扬州。”

⑦西兴：浙江杭州萧山西兴镇，范蠡曾筑城于此，吴越曾在此鏖战。

⑧船舫：游船。舫：船。

⑨只：一作“衹”。

⑩崩腾：波涛汹涌的样子。

⑪飘然：轻快的样子。

⑫乘桴：乘小竹筏或小木筏。桴：小竹筏或小木筏，一作“浮”。《论语·公冶长》：“道不行，乘桴浮于海。”

⑬扶桑：神话中日出的地方；又传说为东方海中的古国名，旧时指日本。

◎译文

北固山就像是苍茫大海的门户，横亘远处天边，
傍晚沙岸在朦胧的烟雾中，犹如杭州的西兴镇。
岸边已经没有停泊的游船，却传来悠扬的笛声，
远处的楼台被茫茫夜色笼罩只能看见灯火闪烁。
明月照耀着山间松林，斑驳的月光像片片碎金，
大风卷起滔天巨浪，江水腾涌，犹如积雪崩落。
真希望自己能够驾驭着木筏在江面上飘然畅游，
扬帆而至红日升起的地方看看，可惜不能实现。

◎创作背景

宋神宗熙宁元年（1068年），王安石大弟王安国（字平甫）赐进士及第，当时王安国以诗才名闻一时，与王安石唱和最多，有《金山会宿寄亲友》诗，王安石写下了这首次韵诗表达自己内心对王安国的情感。

◎赏析

此诗通过描绘金山及其周围的壮丽景色，抒发了诗人心中的无限感慨。

"天末海门横北固，烟中沙岸似西兴"，从远处落笔，遥望北固山，似横空而来，境界阔大，令人浮想联翩。古代北固山距海要比现代近得多，唐、宋以后，海岸线逐渐东移二三百里，因此诗中称北固为海门是符合当时情况的。金山与北固山遥相对峙，此句正是登山所见，虽写北固山而金山的位置遥遥可见。句中"天末""海门""横"等词构成了宏丽阔大的画面，以如此浑厚豪健之笔为起调，令境界顿开。"横北固"表明北固山像是大海的门户，横亘于天边。"烟中"一句由远及近，描写眼前的景物，但是，也让人联想春秋时

越人范蠡筑城于此，吴越曾在这里鏖战的场景。“沙岸似西兴”以沙岸与西兴相比，可以想见江水拍岸、波浪翻滚的情形，大大丰富了诗意。

“已无船舫犹闻笛，远有楼台只见灯”，先写夜色中金山的所闻所见，写笛声，颇有李白“谁家玉笛暗飞声”意韵；再写灯火，颇有张祜“两三星火是瓜洲”境界。这两句一写声，一写光，将夜间宿于金山的见闻生动地记录了下来。镇江扼江南、江北运河入江之口，是繁盛之地，自然是画舫游船、歌台舞榭集中的地方。这两句在写景中表现出了市井的繁华。

“山月入松金破碎，江风吹水雪崩腾”，先写月色，一个“入”字，将山月写活了，似乎山月钻到了松林间，在林间洒下斑驳的倩影，银光点点，令人陶醉。再写江水，“江风吹水雪崩腾”，自然是“白浪滔天”，那滔天的白浪又像是积雪崩落，很有“江间波涛兼天涌”那种意境。这两句一静一动，有声有色，富有诗情画意。

“飘然欲作乘桴计，一到扶桑恨未能”，这是由景而生的感慨，诗人有意宕开一笔，不写景而写情，使结句的意味更深。诗人面对着如此高旷的景色，忽发奇想，欲乘着木筏到扶桑一游。诗人被眼前的景色所陶醉，真想抛弃世间的一切名利枷锁，遨游于神仙世界。“恨未能”令诗境从想象跌回到现实。这两句感喟，不仅增加了景色的魅力，且让读者从“恨未能”一语，约略可见其中的深意。

全诗先写阔大之景、实在之景，后写虚化之景、近处之景，声色俱备，层次井然；而且在格律上也十分精整，无“次韵”之作常见的拘谨板滞毛病，描绘出了金山及其周围苍苍茫茫的景色，其中的气势如高山坠石，出人意料，堪称典范之作。

次　韵

次韵是指旧时古体诗词写作的一种方式，即按照原诗的韵和用韵的次序来和诗。次韵，是和诗中限制最严格的一种，就是依次用原韵、原字按原次序组合，也叫步韵。世传次韵始于白居易、元稹，称“元和体”。

关于次韵诗始于唐代元稹、白居易之说，如宋人程大昌《考古编·古诗分韵》谓：“唐世次韵，起元微之、白乐天。”张表臣《珊瑚钩诗话》讲得更为具体：“前人作诗，未始和韵。自唐白乐天为杭州刺史，元微之为浙东观察，往来置邮筒倡和，始依韵。”

其实，在元、白之前，大历十才子中的卢纶、李益之间就有次韵相酬之作。李益有《赠内兄卢纶》诗：“世故中年别，余生此会同。却将悲与病，来对郎陵翁。”（见《全唐诗》卷二百八十三）卢纶和诗《酬李益端公夜宴见赠》为：“戚戚一西东，十年今始同。可怜歌酒夜，相对两衰翁。”（见《全唐诗》卷二百七十七）

据傅璇琮《卢纶考》：卢纶卒于唐贞元十四年或十五年（798 年或 799 年）间，《酬李益端公夜宴见赠》当作于贞元中，可见我国古典诗歌中的次韵之体至迟在贞元年间就出现了，所以不能说次韵诗始自元、白，更不能说系元稹首创。

和诗大致有以下几种方式：

1. 和诗，只作诗酬和，不用被和诗原韵；

2. 依韵，亦称同韵，和诗与被和诗同属一韵，但不必用其原字；

3. 用韵，即用原诗韵的字而不必顺其次序；

4. 次韵，亦称步韵，就是依次用原韵、原字按原次序相和。

乌　塘[1]

乌塘渺渺[2]绿[3]平堤，堤上行人各有携。

试问春风何处好？辛夷[4]如雪柘（zhè）冈[5]西。

◎注释

① 乌塘：王安石祖坟所在地。宋祝穆《方舆胜览》卷二十一："乌石冈距临川（今属江西）三十里，下有塘，王介甫诗'乌塘渺渺绿平堤……'"

② 渺渺：这里指水大而广。

③ 绿：一本作"渌"。

④ 辛夷：香木名，花有紫、白两种，白者称玉兰，也称望春、迎春。此处指玉兰。

⑤ 柘冈：在江西金谿县西之十里，与临川灵谷山相接，上有王安石读书堂。

◎译文

乌塘浩浩渺渺一望无际，荡漾的碧波已与堤岸平齐，

长长的大堤上，熙来攘往的行人都携带美食和家人。

如果有人询问我：在乌塘哪里的春光是最美好的啊？

我就会如实告诉他：在玉兰花开如白雪的柘冈以西。

◎创作背景

乌塘是王安石祖茔所在地，也是他早年读书的场所。这首诗应作于作者在乌塘生活时，但是具体创作时间待考。

◎赏析

这首诗通过咏江西乌塘柘冈春景，表现了诗人对大自然、对生活的热爱之情。

“乌塘渺渺绿平堤”，诗人从乌塘写起，表明这是一塘美丽的春水。“渺渺”，不仅暗示乌塘面积大，也使读者恍若看到那塘中浩渺迷离的景象。“绿”，既令人感到春意盎然，又让人透过这水中之绿，自然而然地想起诗人的又一名句“春风又绿江南岸”中的“绿”，二者可媲美。

“堤上行人各有携”，这是写游人之多，描绘出了一个热闹的场景。“各”字点出游人之多；“有携”，使人联想出游客在这美好的时光中拿着各种器具嬉戏打闹的场面。

“试问春风何处好？辛夷如雪柘冈西”，描写游人经过河堤，问诗人到何处能欣赏美好的春景呢？诗人于是指出：在柘冈西。使人对柘冈西如雪的辛夷花产生强烈的向往之情。“辛夷如雪”不仅状其白，也言其多，使人联想到春风中的柘冈西坡，茫茫一片，犹如香雪海。所以堤上的行人，扶老携幼，纷纷前往柘冈西坡去赏花。

全诗语言明快，格调轻松，展示出一派蓬勃生机的春天景象，反映出诗人怡然自得的情趣。

◎轶闻异物录

王安石读书堂

王安石读书的学堂位于宜黄县城西北两公里处的仙岩山。山上苍松叠翠、绿波连绵，丛林深处，有一通体紫色大岩石山耸然而峙，横跨东西。远望如长虹卧波，近观又如苍龙飞天，昂首舒尾。传说是女娲补天时留下的顽石。

仙岩山蜿蜒六百多米，海拔三百八十米。山体断面成倒梯形，状如蘑菇。山体西端有南北对穿的巨大岩洞，称为仙洞。山岩东头有一天然石窟，成一天然居室。这里便是少年王安石拜宜黄杜子野先生为师的地方，称为“读书堂”。

据宜黄县《地方志》载：北宋名相王安石少年拜宜黄杜子野先生

为师，“负箧拜师，闭门勤学”。在石窟内常与先生“赏奇析疑”，有“秉烛达旦而过村借火”的故事。少年王安石在此留下“苦读天已晓，日高竟忘饥，早知灯是火，饭熟几多时”的五绝名篇，千年传诵不衰。

石窟内有“读书堂”三个大字，是南宋嘉泰四年（1204 年）右谏议大夫兼侍讲学士李郁亲书。窟口右上壁刻有“清理”二字，是宋孝宗乾道元年（1165 年）本县进士朱伯珍所书。

此外，还有“金龟复笈”“洗墨池”“摘星石”等天然景观。

贾生[①]·七言绝句

一时谋议略[②]施行，谁道君王[③]薄[④]贾生。

爵位[⑤]自高言尽废[⑥]，古来何啻[⑦]（chì）万公卿[⑧]。

◎注释

①贾生：即贾谊（前200年—前168年），西汉著名政治家和文学家，洛阳（今河南洛阳东）人。

②略：大体上，差不多的意思。据《汉书·贾谊传》载，当时贾谊提出的更定法令等建议，最后多为文帝所采纳。故班固说："谊之所陈，略施行矣。"

③君王：这里指汉文帝刘恒（前180年—前157年在位）。

④薄：轻视，亏待的意思。

⑤爵位：官爵和职位。

⑥废：弃置，废弃。

⑦何啻：何止，岂止。啻：仅，止。

⑧公卿：达官贵人。

◎译文

贾谊所献的治国策略基本都被采纳，

谁能说是汉文帝轻视贾谊的计策呢？

即使爵位再高其言论都被君王废弃，

自古以来这样的达官贵人岂在少数。

◎创作背景

宋神宗熙宁二年（1069年），王安石被任命为参知政事，开始颁行新法。然而变法触犯了保守派的利益，遭到保守派的反对。法令颁行不足一年，围绕变法，拥护与反对两派就展开了激烈的论辩及斗争。由于保守派的激烈反对，宋神宗熙宁七年（1074年），王安石被迫辞去了宰相职务，但他制定的新法由于宋神宗的支持还在推行，这首七绝《贾生》应是在这种情况下所写，是王安石借贾生之事来抨击对手，同时也有一种自我安慰在其中。

王安石的《贾生》不像李商隐的《贾生》那样讽刺文帝、痛哀贾生，反而赞美文帝，是因为王安石受到宋神宗的殊遇，支持他推行新法，所以，他认为贾谊只是遭到周勃、灌婴等人的谗毁而未能如愿以偿而已。

◎赏析

这首诗通过写汉文帝对贾谊的重用，进而表达出诗人得到宋神宗的宠遇，对变法充满着自信。

“一时谋议略施行，谁道君王薄贾生”，一写贾谊，一写文帝。这两句是反诘句，意为贾谊所献的“谋议”，大体上都能获得施行，谁能说文帝轻视贾谊呢？以贾谊进言与文帝纳言相对照，赞扬了汉文帝对贾谊的重用，与前人写贾谊怀才不遇之作唱反调，表明诗人对自己受宋神宗的重用很满意，也暗示被他反问的人，应该都是他政治上的敌手，那些反对变法的朝臣。

“爵位自高言尽废，古来何啻万公卿”，一写爵位高的达官贵人，一写君王。这两句也构成了一个反诘句，意为：自古以来，不知有多少达官贵人，尽管他们的官爵职位很高，但其言论都被君王废弃了，弦外之音是贾谊比那些达官贵人更为幸运，其实是在表明自己对变法策略被宋神宗采纳已经很知足。

整首诗文笔流畅，连用两个反诘句，着眼于从不同的角度解读历史，从自身切实感受出发褒奖文帝对贾谊的厚爱，虽语言直白，但含蕴深刻，借古颂今，说明诗人褒贬分明、情感强烈、评判公正，不失一代君子风范。

汉文帝刘恒

刘恒(前202年—前157年),即汉文帝(前180年—前157年在位),汉高帝刘邦第四子，母薄姬，汉惠帝刘盈之弟，西汉第五位皇帝。前196年，刘邦镇压了陈豨叛乱后，封刘恒为代王，其为人宽容平和，在政治上保持低调。刘邦死后，吕后专权，诸吕掌握朝廷军政大权。前180年，吕后一死，太尉周勃、丞相陈平等大臣把诸吕一网打尽，迎立代王刘恒入京为帝，是为汉文帝。

汉文帝即位后，励精图治，兴修水利，废除肉刑，使汉朝进入强盛安定的时期。当时百姓富裕，天下小康。刘恒为代王时有位王后，生有四个嫡子，在刘恒称皇帝后不久，这四个嫡子相继去世，其余诸子以宠姬窦漪房之子刘启最长。刘恒登基三月后立刘启为皇太子(是为后来的汉景帝)，后立窦漪房为皇后。汉文帝与其子汉景帝统治时期被合称为文景之治 。

汉文帝在位时，存在诸侯国势力过大及匈奴入侵中原等问题。汉文帝对待诸侯王，采取以德服人的态度。道德方面，汉文帝曾经亲自为母亲薄氏尝药，深具孝心。汉文帝后元七年(前157年)六月己亥，驾崩于长安未央宫，后葬于霸陵。在古代，有夺取天下之功的称为祖，有治理天下之德的称为宗。所以，其庙号太宗，谥曰孝文皇帝。他是《二十四孝》中亲尝汤药的主角。

贾生·五言律诗

汉有洛阳子[①]，少年[②]明是非[③]。

所论[④]多感慨[⑤]，自信肯依违[⑥]。

死者若可作，今人谁与归[⑦]？

应须[⑧]蹈东海[⑨]，不但涕（tì）沾衣[⑩]。

◎注释

①洛阳子：贾谊是洛阳人，故称“洛阳子”。子：古代对男子的美称。

②少年：这里指贾生入仕时年纪很轻。

③明是非：明辨是非。西汉初年，分封的诸侯王割据势力严重地威胁着建立不久的中央集权制政权，奴隶主贵族复辟势力又在经济上猖狂地向新兴地主阶级进攻，北方匈奴族也不断入侵。面对这种形势，朝廷里的保守派却散布“天下已安已治”的论调。贾谊当时才二十多岁，就敏锐地觉察出危机的严重，多次上疏分析形势，并提出革新法治的主张。

④所论：指贾谊《陈政事疏》等论著。

⑤感慨：慷慨激昂。

⑥肯依违：哪肯依违两可。

⑦“死者”二句：出自《国语·晋语八》：“赵文子与叔向游于九原，曰：‘死者若可作也，吾谁与归？’”

⑧应须：如果要……样的意思。

⑨蹈东海：投海而死。借用战国时期，齐国贵族鲁仲连的故事。

⑩涕沾衣：眼泪沾湿了衣裳。诗人借贾谊呈汉文帝的《陈政事疏》中，有“可为痛哭者一，可为流涕者二，可为长太息者六”句子而用典。

◎译文

在西汉初期有一个洛阳人，年纪轻轻就能辨明是和非。

痛陈时政的言论慷慨激昂，坚持自己观点不肯乱追随。

假如那些古人现在都活着，那么今天我们究竟追随谁？
与其追随着鲁仲连去跳海，不如效法贾谊的哭谏行为。

◎创作背景

宋仁宗嘉祐四年（1059年）秋，王安石以直集贤院为三司度支判官，写作了《上皇帝万言书》，但是宋仁宗没有采纳王安石的改革意见。这首诗，正是王安石借西汉政治家和文学家贾谊的不幸命运，来表达他对现实的忧虑，并申明自己的态度：不会追随鲁仲连去跳海，而要以贾谊为楷模，效仿他的做法。

◎赏析

这首诗通过对汉初贾谊的赞扬，表明了诗人坚定变法的立场，宣扬了自己的改革思想；同时，通过对“少年”贾谊的称赞，表达了诗人重视新生力量、反对保守势力的精神。

“汉有洛阳子，少年明是非”，赞美贾谊是个明辨是非的洛阳少年，表明自己的立场。暗示出诗人自己就是一个对北宋的政治局势具有敏锐观察力的人。“少年明是非”，突出地表明贾谊是敢于向旧势力开战的新生力量，表明诗人对新生力量的倾慕。“明是非”是司马迁评论韩非的话，诗人在这里用它来评价贾谊，表达了他对这位古人的赞许。

“所论多感慨，自信肯依违”，对贾谊的一生作概括性的正面评价。“多感慨”，贾谊曾对汉初诸侯王分封割据等现实问题，多次上书主张改革，诗人肯定这些主张是正确的。“自信”“依违”，赞扬贾谊反对保守势力，坚持己见。

“死者若可作，今人谁与归”，以反问方式引出后面的结论，表明诗人以贾谊作为异代知音，暗喻自己在当时很孤立。

“应须蹈东海，不但涕沾衣”，这里以两位古人为例：一位是鲁仲连，顽固保守，宁死不承认现实；一位是贾谊，敢于指出政治上的弊病，极力主张改革。“应须”和“不但”

是对前一句所问今天的人应该效法谁做出的断然回答。这样一褒一贬，不仅显出了俗儒的迂腐可笑，而且更进一步指出了贾谊才是值得“今人”效法的楷模。

诗人的文艺主张是诗文等艺术作品要为现实服务，特别主张诗文要“有补于世”；政治上主张打击豪强势力，抑制大地主、大官僚的兼并和垄断，限制商业以发展农业生产；对外主张抗击辽和西夏的侵扰。而诗人的这些主张与贾谊当年的政治主张很相似，所以他提出“今人”要以贾谊为榜样，也是把贾谊作为自己的化身，间接地宣传了自己的改革思想。

◎轶闻异物录

《国语》

《国语》，又名《春秋外传》或《左氏外传》，是中国最早的一部国别体史书，分周、鲁、齐、晋、郑、楚、吴、越八国记事，记事时间起自西周中期，下迄春秋战国之交，前后约五百年。

相传《国语》是春秋末鲁国的左丘明所撰。宋代以来，包括康有为在内的多位学者怀疑《左传》为西汉刘歆的伪作。相较《左传》,《国语》所记事件按照一定顺序分国排列，大都不相连属，且偏重于记述历史人物的言论，往往通过言论反映事实，以人物之间的对话刻画人物形象，具有一定的文学价值。

《国语》全书二十一卷。《周语》三卷，记载了西周穆王、厉王直至东周襄王、景王、敬王时有关“邦国成败”的部分政治事件，反映了从西周到东周的社会政治变化的过程。《鲁语》二卷，着重记载鲁国上层社会一些历史人物言行，反映春秋时期鲁国的社会面貌。《齐语》一卷，主要记载管仲辅佐齐桓公称霸所采取的内政外交措施及其主导思想。《晋语》九卷，篇幅占全书三分之一，比较完整地记载了从武公替晋为诸侯，献公之子的君权之争，文公称霸，一直到战国初年赵、魏、韩三家灭智氏的政治历史，时间长，分量重，所以有人把《国语》称为“晋史”。《郑语》一卷，记周太史伯论西周末年天下兴衰继替的大局势。《楚语》二卷，主要记灵王、昭王时的历史事件。《吴语》一卷、《越语》二卷，记春秋末期吴、越争霸的史实。

春 风

一马春风北首燕[1]，却疑身得旧山川。

阳[2]浮树外沧[3]江水，尘涨[4]原头野火烟。

日借嫩黄初着[5]柳，两催新绿稍[6]归田。

回头不见辛夷[7]发，始觉看花是去年。

◎注释

①北首燕：向着北方的燕地。语出自《汉书·韩信传》："北首燕路。"首：向着。燕：今河北北部、辽宁西部一带，古时为燕国所在地，当时为契丹占据。

②阳：阳光，指春天充满生命力的气息。

③沧：水呈青绿色。

④涨：升腾，升起。

⑤着：附着，一作"著"。

⑥稍：渐渐地。

⑦辛夷：香木名，开白花者名玉兰，又称望春、迎春。

◎译文

策马疾驰在春风中，一路驶向燕地，

却怀疑自己是置身在旧日江河山川。

太阳的光芒浮动在青绿色的水面上，

远望原野尘土飞扬像野火腾起的烟。

暖暖的阳光照耀着柳梢上嫩黄的芽，

春风春雨双双催着新绿渐归田野里。

回过头去却没有见到辛夷树花儿开，

这时才惊异地发现：看花还是去年。

◎创作背景

宋仁宗嘉祐四年(1059年)冬,王安石卸江东提刑任,回京述职。不久,奉命送契丹使北归,宋仁宗嘉祐五年(1060年)春到达河北一带。这首诗写于奉使契丹途中。

◎赏析

此诗通过描写壮丽的北国风光和诗人的感触,抒发了山川依旧、景物皆非的感慨。

“一马春风北首燕,却疑身得旧山川”,策马奔腾,突出一个“快”字,诗人乘着春风,跃马扬鞭踏上辽国的土地,却似乎感觉来到了“旧山河”,没有一丝脚踏异国土地的感觉。含蓄的语言,蕴藏着诗人收复国土的理想。

“阳浮树外沧江水,尘涨原头野火烟”,写春风吹拂,江面水波荡漾;阳光普照,江水波光粼粼。远眺水天相接处,阳光随着波涛的涌动仿佛在漂浮、游弋、升腾。“浮”写出了春风、江水、阳光的融合,赋予静态的景象以动态的美感。阳“浮”与尘“涨”,正是南方人看北方景的不同之处,今日亦然,两字运用贴切之至,自是临川炼字长处。

“日借嫩黄初着柳,两催新绿稍归田”,这两句是传诵名句:柳色嫩黄,写为阳光染就;田间新绿,幻成雨水催成。生动警奇,但却不无道理。以方块文字和音律,裁成一幅田园画图,清新明丽。

“回头不见辛夷发,始觉看花是去年”,故意纠正回家的错觉,作者家乡辛夷花多,而眼前辛夷还没开花,才想起看花还是去年的时候。同首联笔法,再次将心中的情绪,抒发得饶有新意。

全诗写景细腻、立意新颖，对仗工稳、用字精确，构思新奇、情感真挚，字字句句洋溢着对国家命运由衷的关切。

◎轶闻异物录

辛　夷

辛夷又名白玉兰、望春花，为木兰科木兰属植物。辛夷为常用中药，以干燥的花蕾供药用，具有温肺通窍、祛风散寒等功效。主治风寒感冒、鼻窦炎、牙痛、头痛等症。

辛夷，落叶乔木，高数丈，木有香气。花初出枝头，苞长半寸，而尖锐俨如笔头，因而俗称木笔。及开则似莲花而小如盏，紫苞红焰，作莲及兰花香，亦有白色者，人又呼为玉兰。

今多以“辛夷”为木兰的别称。《楚辞·九歌·湘夫人》:“桂栋兮兰橑，辛夷楣兮药房。”洪兴祖补注:“《本草》云：辛夷，树大连合抱，高数仞。此花初发如笔，北人呼为木笔。其花最早，南人呼为迎春。”唐杜甫《逼仄行赠华曜》诗：“辛夷始花亦已落，况我与子非壮年。”清龚自珍《洞仙歌·忆羽琌山馆之玉兰花》词：“江东猿鹤，识人间花事，十丈辛夷著花未？”明李时珍《本草纲目·木一·辛夷》亦有详细介绍。

读　史

自古功名亦苦辛，行藏[1]终欲付何人？

当时黮（dàn）暗[2]犹承误[3]，末俗[4]纷纭更乱真。

糟粕所传非粹美[5]，丹青[6]难写是精神。

区区[7]岂尽高贤意，独守千秋纸上尘[8]。

◎注释

①行藏：指出处或行止，这里指事迹。
②黮暗：昏暗，不清楚。
③犹承误：以误传误，以讹传讹。
④末俗：后世的习俗。
⑤粹美：这里指精美。
⑥丹青：中国古代绘画的材料，这里指绘画艺术。
⑦区区：形容很少，指一点点历史记载。
⑧尘：尘土，这里指糟粕。

◎译文

自古以来一个人要历尽辛苦才能功成名就，
可是如实记载他们事迹的要靠哪一个人呢？
当时之人难以看清事情的真伪，记不准确，
后世之人更是众说纷纭，看不清历史真相。
凡是低俗的东西再怎样流传也谈不上精美，
要知道绘画中最难的是画出人的气质精神。
有限的记载怎能写尽古代贤哲的品格学问，
然而，又总有一些人死守典籍，不肯醒悟。

◎创作背景

这首诗作于宋神宗元丰八年（1085年）。这年三月，宋神宗赵顼去世后，旧党得势，新法渐废，王安石心中十分痛苦，这首诗就是在这种满怀忧愤的情况下写成。

◎赏析

这首诗是王安石针对当时俗儒歪曲历史事实，把糟粕当精华的社会现状而作，写得深沉、抑郁，抒发了诗人对时局的忧虑和愤慨之情。

“自古功名亦苦辛，行藏终欲付何人”，突兀而起，以强烈的对比显示了自古以来高贤的悲哀。在生前，为了建立功名，他们费尽心机，受尽磨难；但是在死后，他们的事迹最终又会托付给什么人呢？在建立功名时，他们作出的努力和牺牲都是自主的，但是之后他们的一切又要不自主地委之他人，任人摆布，对于这一点他们是无能为力、无可奈何的。也就是说，这种悲剧是无法避免的。

“当时黮暗犹承误，末俗纷纭更乱真”，承接上联，从史实失真的角度叙写高贤的悲哀。在当时，高贤们以承污纳秽，受到误解，到后来末流所致，更是以假乱真，以讹传讹，从而使高贤们的行藏失去了原来的真相。历史从来都是难以说清的，即便在当时也是非难辨，在遥远的后世就更是如此了。

“糟粕所传非粹美，丹青难写是精神”，侧重感叹史书本末倒置，使高贤精神难以体现出来。历史所写的是高贤们粗劣无用的糟粕，而不是他们一生中精粹美好的嘉言善行。人物的神采气韵在绘画中本来就是很难传达的，而修史者有意的删改、倒置，更使他们最为粹美的精神荡然无存了。

“区区岂尽高贤意，独守千秋纸上尘”，修史者的胡作非为，怎么能够表尽高贤们的拳拳之意呢？诗人以沉痛的笔触状写高贤们蒙尘纳垢却又无力诉说的凄凉结果。诗人不只是替古人感慨，也是为自己担忧，他已经预感到那些守旧势力不可能轻易放过自己，后世强加于他的污水肯定不会少。他提醒人们，不要轻易相信所谓的“正史”对人物的评价，应当透过层层迷雾追寻历史的真相。

“糟粕所传非粹美，丹青难写是精神”，是被后人推崇引用的名句，常用来说明在文艺创作上刻画人物时，外表好写而内心世界和本质精神却不易写的道理；或者说明要反映事物的本质是不容易的。

这首诗针对当时俗儒歪曲历史事实的现象进行了有力的抨击，直言不讳地表达了诗人自己的历史观，表现出一个改革者的战斗精神。

◎轶闻异物录

丹　青

丹指丹砂，青指青雘，本是两种可作颜料的矿物。因为我国古代绘画常用朱红色和青色两种颜色，丹青便成为绘画艺术的代称。

如《汉书·苏武传》:“竹帛所载,丹青所画。”《晋书·顾恺之传》:“尤善丹青。”杜甫《丹青引赠曹将军霸》:“丹青不知老将至，富贵于我如浮云。”

古人把画家称为丹青手，把优秀画家称为丹青妙手，民间则称画工为丹青师傅。丹青比植物性颜料保存时间长，不易褪色，因此常用来比喻坚贞，如成语丹青不渝。史家亦常以此比喻一个人业绩昭著；又因为丹册多记勋，青册多记事，故“丹青”意同史册。

定　林[1]

漱甘[2]凉病齿[3]，坐旷[4]息烦襟[5]。

因脱水边屦[6]（jù），就敷岩上[7]衾（qīn）。

但留云对宿，仍[8]值月相寻。

真乐非无寄[9]，悲虫亦好音[10]。

◎注释

①定林：寺院名，在金陵（南京市江宁区）方山，距今已有一千五百多年历史，是金陵名刹，属于"金陵四十八景"之一。王安石罢官后常到此游憩。

②漱甘：即用泉水漱口。甘：指泉水。出自《世说》孙楚"枕石漱流"之典。

③病齿：牙齿痛。也指有病的牙齿。

④坐旷：坐在空旷的地方。

⑤烦襟：烦躁的心情。襟：指胸怀、心怀。

⑥屦：古代用麻葛制成的一种鞋。

⑦岩上：一作"床上"。

⑧仍：又的意思。

⑨无寄：没有着落，无所寄托的意思。

⑩好音：悦耳的声音。《诗经·鲁颂·泮水》："食我桑黮，怀我好音。"

◎译文

用山中甘甜的泉水漱口，病齿感觉很凉，

坐在空旷的地方，烦躁的心情顿时宁静。

由于喜欢这泉水，情不自禁地脱掉鞋子，

索性拿来了被子，就在岩石上铺平被褥。

于是我仰天躺在上面，面对着白云睡觉，

不料一轮明月已高高挂起，像在寻找我。

其实，生活中真正的快乐不是无以寄托，

即使是悲鸣中的虫声同样是悦耳的声音。

◎创作背景

王安石变法触犯了大地主、大官僚的利益，两宫太后、皇亲国戚和保守派士大夫联合起来，共同反对变法。因此，王安石在宋神宗熙宁七年（1074 年）第一次罢相。次年复拜相。王安石复相后得不到更多支持,不能把改革继续推行下去。宋神宗熙宁九年(1076年)，王安石第二次罢相，归隐金陵。归隐后的他深爱钟山的优美景色，常骑驴到钟山游玩，疲倦时便到定林寺中休息。后来，他就在寺内建了一个供自己休息和写字读书的书斋，取名“昭文斋”。此诗即作于他归隐金陵时期。

◎赏析

这首诗通过描写作者退归后的生活情形及精神上物我两忘的境界，在恬淡闲适之中，展现出一股淡淡的悲慨与惆怅之意。

“漱甘凉病齿，坐旷息烦襟”，抒写归隐后的感受，细致地描写了自己住在定林寺中，用山中甘甜的泉水漱口和静坐的真实体验。“息烦襟”说明坐在幽寂、空旷的地方，顿感烦躁的心情宁静下来了。

“因脱水边屦，就敷岩上衾”，通过描写两个细节，透露出诗人微妙难言的衷曲和守正自信的品格。面对山中美景，诗人情不自禁，脱掉鞋子，铺上被褥，躺在岩石之上。诗人闲适自得之状，呼之欲出。

“但留云对宿，仍值月相寻”，诗人欲留白云对宿，恰好又逢明月相寻，两情相契，其乐融融！“宿”和“寻”皆为人的动作，诗人运用拟人手法，将白云、明月人格化，因此，这里的自然之景，已打上了诗人的烙印，是“人化的自然”。诗人欲和白云对宿，又逢明月相寻，表达出在定林流连忘返的愉悦心情。

“真乐非无寄，悲虫亦好音”，突出“真乐”之意趣。诗人被罢官后，寄情自然山水，认为只要超越凡尘，便能随处得到自己的快乐，即使悲鸣的虫声也是美妙的音乐。诗人自问无论出处，皆以道为准，未尝杂有机心，故能得“乐”，即使听到“悲虫”之音亦感到愉悦。

这首诗即兴即事，信笔写来，极富理趣。

◎轶闻异物录

漱石枕流

漱石枕流是一个汉语成语，指隐居生活。出自南朝宋刘义庆《世说新语·排调》：“王曰：‘流可枕，石可漱乎？’孙曰：‘所以枕流，欲洗其耳；所以漱石，欲砺其齿。’”

故事真实的原型来自《晋书·孙楚传》。孙楚，太原中都（今山西平遥西北）人，史称其“才藻卓绝，爽迈不群”，多所陵傲，故缺乡曲之誉。

孙楚年青时，想要隐退山水之间，就告诉王济说自己将“枕石漱流”，但在表达时误说成“漱石枕流”。王济听后，问：“水流可以枕着、石头可以用来漱口吗？”孙楚解释说：“我之所以枕流水是想要洗干净自己的耳朵，之所以漱石头是想要磨炼自己的牙齿。”

孙楚的回答非常巧妙而有学问，虽然出于口误，但用“漱石枕流”却更好地表达了自己不随流俗的意志。

孤　桐

天质[1]自森森[2]，孤高几百寻[3]。

凌霄[4]不屈己，得地[5]本虚心。

岁老根弥[6]壮，阳骄叶更阴。

明时[7]思解愠[8]（yùn），愿斫[9]（zhuó）五弦琴[10]。

◎注释

①天质：天资，天赋。

②森森：形容树木茂盛繁密。

③寻：古代度量单位，八尺为一寻。

④凌霄：形容桐树长得高，接近了云霄。

⑤得地：得到适宜生长的土壤。

⑥弥：更加。

⑦明时：政治清明的时代。

⑧愠：怨恨。

⑨斫：用刀、斧等砍。

⑩五弦琴：桐木是造琴的上好材料。据《孔子家语》记载：帝舜曾一面弹着五弦琴，一面唱“南风之熏兮，可以解吾民之愠兮”。

◎译文

天生就能长得茂盛繁密，拔地而起，高达几百寻。

迫近了云霄，也不屈服，是其扎根于大地的缘故。

生长年代越久根越壮实，太阳越炽烈叶子越葱郁。

清明盛世想着民间疾苦，愿被砍伐制作成五弦琴。

◎创作背景

此诗约作于宋哲宗元祐元年（1086年），保守派得势，新法皆废。

王安石在这首诗中借“孤桐”言志，孤桐即是他的人格写照：尽管在变法中受到种种打击，但他志存高远，正直不屈；经历的磨难越多，斗志越坚；为了天下苍生，不惜粉身碎骨。

◎赏析

本诗用托物言志的手法，借孤桐天生枝繁叶茂，深入云霄，深深扎根于大地，越老越强，越是暴露越是茁壮的特点，表达了诗人正直向上、坚强不屈的人生态度及关心百姓疾苦，甘愿为解决百姓疾苦而献身的思想感情。

“天质自森森，孤高几百寻”，写出了孤桐的一个特征，靠环境和自己的努力，长得高大挺拔。

“凌霄不屈己，得地本虚心”，继续写孤桐的特征，即正直伟岸。梧桐善于从大地汲取养分和力量。如果离开大地，它一刻也活不下去。

“岁老根弥壮，阳骄叶更阴”，依旧写孤桐的特征，在阳光照射下，孤桐更茂盛强壮，树荫更浓。这三联都是描写孤桐形象的。

“明时思解愠，愿斫五弦琴”，写孤桐的理想和抱负。“五弦琴”实际是运用了两个典故：一个是《孔子家语·辨乐解》中说到的虞舜弹五弦琴唱《南风》诗，其意为南风多么和畅啊，它会消除百姓的怨恨。另一个是《后汉书·蔡邕传》记载，吴地人用桐木烧火做饭，蔡邕从火里抢出一根桐木，用它做了一把琴，琴声特别优美，因琴尾部的木材被烧焦，故称焦尾琴。这两个故事，透露出孤桐的内在气质、品格。由桐及人，可以知道，这首诗中蕴含的深厚意义，即在诗人身上寄寓的高尚人格、正义的革新理想和高尚的情怀。

这首诗没有运用律诗“起、承、转、合”的一般结构，而是采取了由描写和抒情两部分相结合的方法，结构简单明了，但诗的意脉则更清晰，又因诗中本没有写人，而是写的

孤桐，写了孤桐的挺拔、正直、茂盛、虚心等特征，还运用典故写出它的理想、志向等情形，但谁都知道，诗中所写之物，实际上都是在托物写人，所以，由孤桐联想到人，就能体会到诗的韵味了。

全诗运用了拟人的修辞手法，写物明志，浑然一体，寄托了作者的情怀，表达出作者钦羡桐树的品质，并立誓仿效孤桐的决心。

◎轶闻异物录

五弦琴

中国有许多古老的弦鸣乐器，如琴、筝、筑等，都曾经历过五弦的形制。《尚书》:“舜弹五弦之琴。”《礼·乐记》:“筝,五弦筑身也。” 1978年，在湖北省随县曾侯乙墓(战国初期)出土了一张五弦琴，它与文献记载的筑相近。

形制古老的五弦琴，分上、下两个部分，由音板、弦钉、弦柱、琴弦和共鸣箱等构成。上部的音板,多使用质地较软的松、杉木料制作,板长四十厘米、宽十二厘米、厚两厘米，在距音板两端两厘米处，一端钉有五个铁钉作为系弦的弦钉，钉距两厘米；另一端置有五个铁或木制小棍作为拴弦的弦柱，柱距两厘米。弦钉与弦柱之间，张以五条琴弦，弦下不设柱马。古时的琴弦，多采用麻丝捻合而成；后来才逐步改为丝弦或钢丝弦。下部的共鸣箱，呈长方匣形，多用质地较硬的木板钉制而成，长三十二厘米、宽十六厘米、高十二厘米；也有使用洋铁桶代用的。

商　鞅[①]

自古驱民[②]在信诚[③]，一言为重百金[④]轻。

今人[⑤]未可非[⑥]商鞅，商鞅能令[⑦]政[⑧]必[⑨]行。

◎注释

① 商鞅：前 395 年—前 338 年，姬姓，公孙氏，名鞅，卫国顿丘人（今河南省安阳市内黄县梁庄镇）。卫国国君后代，后入秦辅佐孝公变法，国以富强。因功封于商，号为商君，故又称商鞅。孝公死，商鞅被诬谋反，遭车裂。

② 驱民：驱使、役使百姓。

③ 信诚：诚实守信的意思。

④ 百金：形容钱多。也指昂贵的价值。金：古代计算货币的单位。

⑤ 今人：指宋朝的大地主顽固派和道学家。

⑥ 非：诋毁、诽谤的意思。

⑦ 令：做到。

⑧ 政：政策、法令的意思。

⑨ 必：必定，必然。

◎译文

从古至今，管理百姓在于讲信用，说到做到。

商鞅就很讲信用，以一言为重，以百金为轻。

你们这些变法的反对派怎能随便指责商鞅呢？

只要有商鞅不屈不挠精神，新法能顺利推行。

◎创作背景

这首诗应写于宋神宗熙宁二年（1069 年），是王安石用来表明自己的政治见解以及推行新法决心的一首政治诗。据宋陈了翁《四明尊尧集》记载，王安石曾问宋神宗：秦孝公能“择术济事”（采用商鞅的建议），皇上跟他比怎么样？可见，王安石曾自比商鞅，希望宋神宗效仿秦孝公支持变法。为此，招致了保守派的许多攻击。

◎赏析

这首诗通过描写商鞅推行变法的主张重在信用，表达了诗人对商鞅的敬仰之情，同时也表明了诗人的政治见解以及推行新法的决心。

“自古驱民在信诚，一言为重百金轻”，对商鞅令出必行的做法给予高度的赞扬。古代圣贤为政的风格：取信于民。这是令行禁止的根本。商鞅在秦国推行了一条比较完整的法家路线，他所领导的变法运动是一场深刻的社会变革。在开始实行变法时，为了取得老百姓的信任和支持，商鞅采取措施，先“立木”取信于民，以严明法令。

“今人未可非商鞅，商鞅能令政必行”，这两句直言不讳地表明了王安石的尊法立场，针锋相对地回答了顽固派对革新事业的咒骂，表明了王安石要继承和发扬商鞅的法家精神，坚决推行新法的决心。商鞅开始变法时，遭到没落奴隶主贵族的反对，商鞅根据“法不阿贵”“刑无等级”的规定，坚决镇压了奴隶主贵族复辟势力，使变法得以继续推行。“商鞅能令政必行”，就是对商鞅能取信于民和坚决镇压复辟势力等使变法胜利推行的做法进一步颂扬。

整首诗笔法利索，音调铿锵，读来叫人精神振奋。如果作者没有深刻敏锐的思想和驾驭语言的才能，是无法达到这一炉火纯青的艺术成就的。

◎轶闻异物录

商　鞅

商鞅（约前 395 年—前 338 年），姬姓，公孙氏，名鞅，卫国顿丘（今河南省安阳市内黄县梁庄镇）人。战国时期政治家、改革家、思想家，法家代表人物，卫国国君后代。

商鞅辅佐秦孝公，积极实行变法，使秦国成为富裕强大的国家，史称“商鞅变法”。政治上，改革了秦国户籍、军功爵位、土地制度、行政区划、税收、度量衡以及民风民俗，并制定了严酷的法律；经济上，主张重农抑商、奖励耕作；军事上，统率秦军收复了河西之地。秦孝公赐予商鞅十五邑，号为商君。

首先，商鞅在变法之争时提到的“圣人苟可以强国，不法其故；苟可以利民，不循其礼”成为秦国政治的指导原则，使秦国领先于山东六国。其次，商鞅执法不避权贵、刑上大夫，表明他坚决贯彻了法家的这一主张。最后，法家还有一个共性，就是和商鞅一样抱着法家“明法”的态度和精神来推行政治改革，让百姓知晓法律。

前 338 年，秦孝公逝世后，商鞅被公子虔指为谋反，战败死于彤地，尸身车裂，全族被诛。

半山春晚[1]即事[2]

春风[3]取花去，酬[4]我以清阴[5]。

翳（yì）翳[6]陂（bēi）路[7]静，交交[8]园屋[9]深[10]。

床敷[11]（fū）每[12]小息，杖屦[13]（jù）或[14]幽寻[15]。

惟有北山[16]鸟，经过遗[17]（wèi）好音[18]。

◎注释

① 春晚：晚春，暮春。

② 即事：就眼前景物作诗。

③ 春风：一作“晚风”。

④ 酬：报酬，赠答，这里是“赐予，带给”的意思。

⑤ 清阴：清凉的树荫。

⑥ 翳翳：指草木茂密成荫的样子。

⑦ 陂路：湖岸，塘堤。

⑧ 交交：树枝交接覆盖的样子。

⑨ 园屋：田园、房屋。

⑩ 深：幽阴深邃。

⑪ 床敷：安置卧具。

⑫ 每：每每，常常。

⑬ 杖屦：指手杖与鞋子，这里表示拄杖漫步。

⑭ 或：有时。

⑮ 幽寻：探寻风景之胜。

⑯ 北山：即钟山。南朝宋周颙与孔稚圭曾隐居于此，后周颙离山出仕，孔曾作《北山移文》表示讥刺。王安石有《思北山》等诗，寄托真心隐逸的心境。

⑰ 遗：赠送，这里引申为“留下”之意。

⑱ 好音：美妙的声音。

◎译文

晚春的风把花儿吹走了，带给人一片清凉的树荫。

浓密的绿荫笼罩着塘堤，覆盖幽静的田园和房屋。

我或打开床铺稍事休息，或拄着手杖去寻幽探胜。

也只有北山上的小鸟儿，路过时，留下美妙叫声。

◎创作背景

王安石于宋神宗熙宁十年（1077 年）退居江宁，元丰中营建园宅，称半山园，因其地距白下门与钟山均为七里，正在一半路程中，遂自号半山。此诗即作于此时。

◎赏析

这首诗描写了暮春时庭园的种种佳景，表达了诗人恬淡安宁而又怡然自乐的心境。

“春风取花去，酬我以清阴”，寥寥数字，摹尽春色的变化，显示了一幅绿肥红瘦的景象。常人写红花凋谢，会有惋惜之情，而使诗歌染上一层淡淡的哀愁。此诗却不然，诗人以积极的人生态度来表达，所以在他笔下展现的是欣欣喜人的景象。春风是无法“取”花去的，但若没有这个“取”字，就不能形象地表现自然景象之变换；春风也不会“酬”与清阴，但若没有这个“酬”字，就不能体现作者欣然自得的情怀。若无此二字，诗人的达观，春风的和煦，就不能跃然纸上了。

“翳翳陂路静，交交园屋深”，春风慷慨赐予清阴，诗人于是尽情去欣赏。所以以“清阴”为本，稍做敷展，只见那小路沿着山坡在茂密的树林中蜿蜒曲折，伸向远处，一片静谧，在葱茏的深处，园屋隐约可见。这两句写静，略有唐人常建“曲径通幽处，禅房花木深”（见《题破山寺后禅院》）的风味。然而常建的诗是禅寂之静，此诗用了“翳翳”“交交”，显得更有生意。

“床敷每小息，杖屦或幽寻”，笔锋一转，顺势推出主体形象，截取两个生活片段来刻画半山园主人的风采。或居家凭几小憩，或寻幽拄杖独行。两者虽是一静一动，但同样表现了诗人恬淡安宁而又怡然自乐的心境。

“惟有北山鸟，经过遗好音”，在此宁谧的氛围里，突然传来阵阵清脆悦耳之声，抬头看去，原是北山一鸟，掠飞而过，留下一片美妙的声音。这两句极富韵味。北山即钟山，六朝时周颙曾隐居于此。此时的北山，除了诗人独自寻幽之外，杳无人迹，只有声声鸟鸣，偶尔来慰其岑寂。诗人在平和冲淡的外表下，怀孤往之志，举世无人相知的感慨显示于言外。

这首诗描写了作者生活环境的幽静美丽和退居后的安逸闲适，脱去常人惜花伤春的窠臼，生动描绘了景色的优美。末二句则在宁静、喜悦感受的抒写中，又隐约地透露了世罕知音的淡淡哀愁。

◎轶闻异物录

周颙与厚颜无耻

“厚颜无耻”的意思是厚着脸皮，不知道羞耻。语出《诗经·小雅·巧言》:“巧言如簧，颜之厚矣。”而典故和成语则出自南朝齐孔稚圭《北山移文》:“岂可使芳杜厚颜，薜荔蒙耻。”

南朝时，南齐有一个叫周颙的人，他最初自命清高，隐居北山，不肯出仕。当时，人们有一种共识，以为隐居之士必然都是些有才能的人。而周颙却是有隐居之名而无其实。他的隐居只不过是待价而沽，以此换取更高的官职。后来，周颙果然应诏出仕，任海盐令。职满后来到京城（南齐的京城在建康，今南京），并要到北山去。孔稚珪就写了这篇《北山移文》来讽刺周颙，同时，也对一帮追求名利、热衷往上爬的封建士大夫文人进行了尖锐的讽刺和有力的鞭笞。《北山移文》

的最后一段说：周颙现在急急忙忙在海盐县邑整顿行装，鼓着船桨向京都驰驱。虽然他心已投向朝廷，但还要装模作样地再游北山，以示自己的清高。要看周颙的这种行径，连芳杜（香草名）也得厚着脸皮，薜荔（香草名）也得不顾羞耻，苍翠的山岭要再受污辱，朱红的山崖要重蒙污秽。周颙来北山后，听到他的谈话就得洗耳，连清池都要给弄得污秽了。根据这些记载，后人从“芳杜厚颜，薜荔蒙耻”一语中引申出了“厚颜无耻”这句成语，形容人脸皮厚，不知羞耻。

郊 行

柔桑[①]采尽绿阴稀，芦箔[②]蚕成密茧肥。

聊[③]向村家问风俗[④]：如何勤苦尚凶饥[⑤]？

◎注释

① 柔桑：指嫩桑叶。

② 芦箔：用芦苇或芦竹编的养蚕工具。

③ 聊：这里是暂且的意思。

④ 风俗：指长期相沿积久而成的风尚、习俗。这里指年景、收成。

⑤ 凶饥：闹饥荒。

◎译文

嫩嫩的桑叶采完了，绿色的树荫渐渐稀疏，

芦筐中的春蚕长成了，蚕茧结得又密又肥。

我试探着向村民们打听他们今年收成如何，

你们养蚕人为何这样辛勤劳作，还闹饥荒？

◎创作背景

这首诗应作于宋仁宗至和元年至嘉祐元年（1054 年—1056 年）间。至和元年（1054 年），王安石舒州任满赴阙，除群牧司判官；嘉祐元年（1056 年）十二月，王安石提点开封府界诸县镇公事。第二年五月，王安石离京，就任知常州军州事。期间，王安石主张“发富民之藏”以救“贫民”，“有司必不得已，不若取诸富民之有良田得谷多而售数倍之者。贫民被灾，不可不恤也”。根据诗中内容推测，此诗当是在此期间所作。

◎赏析

全诗通过描写蚕农勤劳辛苦还闹饥荒的现实，暗示苛捐杂税猛于虎、民不聊生的社会现实。

“柔桑采尽绿阴稀，芦箔蚕成密茧肥”，先写桑叶采尽，蚕茧肥密,这是蚕农大获丰收的喜悦之景。“稀”字用法巧妙，写出了桑叶被采摘后树荫稀疏的特点，与“尽”“密”“肥”互相照应，暗示了蚕农的丰收。“密茧肥”连用两个形容词修饰蚕茧，突显蚕农丰收的场景，为后文的疑问埋下伏笔。

“聊向村家问风俗：如何勤苦尚凶饥”，随便问了问农家的生活，结果却让世人困惑惊异：农人长年勤苦，生活却一贫如洗，如同遭遇荒年饥岁。这两句主要运用对比（反衬）手法，将养蚕农民的辛苦劳动、丰硕的劳动成果与他们依然像荒年一样凄苦的生活现象作出鲜明对比。诗人在作品中并未写出疑惑的答案，但是他一定也和世人一样心知肚明：正是统治者的残酷盘剥，让百姓愈劳愈贫，最终民不聊生。这里体现出作者对劳动人民深深的同情、对统治阶级剥削的不满及作为封建官员的自责。

这首诗没有奇特新颖的想象，没有精工华美的辞藻，寓深刻的社会现象于朴素平实的语言中，反映出作者对民生的关心之情。印证了颜元对王安石的评论：“（荆公）廉洁高尚，浩然有古人正己以正天下之意。及既出也，慨然欲尧舜三代其君。”

◎轶闻异物录

宋代通判

通判，官名。在州府的长官下掌管粮运、农田、水利和诉讼等事项，对州府的长官有监察的责任。又名同判（避讳）。

唐末五代，藩镇武将专权，天下动乱不已，中央集权始终巩固不下来。宋初，统治集团以全力解决这个大问题，著名的“杯酒释兵权”

故事，就是解除武将兵权的明智之举。武将被解除兵权之后，则往往以朝臣身份出守州郡，官名为“权知军、州事”。“权”，有临时之意，意谓随时可以罢去。同时在各州府设置通判一职，以分知州之权。

到了南宋，通判更可以直接向皇帝奏报州郡内包括州郡官、县官在内的一切官员的情况，可见通判兼有监察官性质。但直隶州通判级别多数为从五品和正六品，散州通判级别为从七品和正八品。而直隶州知军、州事为从三品和正四品，散州知军、州事为从六品和正七品。与知军、州级别有一定的相差，亦为大小相制之意 。

棋

莫将戏事扰真情，且可随缘道我赢。

战罢两奁[1]（lián）分白黑，一枰[2]（píng）何处有亏成。

◎注释

①奁：古代女子存放梳妆用品的镜箱。圆形，直壁，有盖，一般腹较深，下有三兽足，旁有兽衔环耳。流行于战国至唐、宋间。此处做棋子的容器。

②枰："木"字边指木具，"木"与"平"合起来表示"扁平的木器具"。这里是棋盘的意思。

◎译文

下棋只是游戏，何必动真感情，
你们就随缘当作都是被我赢了。
下完两盘，就把黑白棋子收起，
棋盘上又到哪里去找什么胜负？

◎创作背景

此诗具体创作时间待考。从这首诗中可以看得出王安石喜欢下棋，是个棋迷，宋人范正敏《遯斋闲览》中记载："（王荆公）每与人对局，未尝致思，随手疾应，觉其势将败，便敛局曰：'本图适兴忘虑，反至若思劳神，不如其已。'"说明王安石仅是把下棋当作娱乐和消遣的工具，在对弈中，他经常下随手棋，常因此而大败，但他对此却不以为意。

◎赏析

这首诗以棋写事，借弈棋表达随缘自在、不要固执己见的人生哲理。

“莫将戏事扰真情，且可随缘道我赢”，作者将围棋定位为“戏事”，在诗人看来，弈棋，只不过是一种游戏而已，犯不着较真。他认为,所谓的“真情”才是最重要的。“戏事”与“真情”的取舍十分明确，而一个“莫将”，更是强调了这种态度的坚决。正是因为有了这样的认识，作者才自我陶醉地说:“且可随缘道我赢。”从表面上看，这好像是一种胜负不萦于心的超脱境界，而事实上，却恰恰是他太在意胜负了。这和苏轼的“胜固欣然，败亦可喜”是有本质上的区别的。对胜负，苏轼看得淡、看得开，只要沉浸在弈棋的乐趣中，胜败输赢都可不必挂怀，但对胜负的事实本身还是尊重的。王安石则不然，对于他，胜负是可以随意“判定”的。“道我赢”，一个“道”字，恰好说明事实上作者是输了。既然输了，还偏偏要说，可以算作是自己赢了。试想，若是真的淡泊胜负，何至于要用这样的“精神胜利法”来为自己输棋解嘲呢？由此可见，前面之所以将围棋视做游戏之事，只不过是他自己棋力差，心虚而已。

“战罢两奁分白黑，一枰何处有亏成”，这是作者对弈棋的理性认识，也是他为自己“淡泊胜负”所找的理由。既然一局棋罢，黑白棋子装入棋罐中，空空如也的棋盘上便什么都没有了。是非成败，转头即空，哪还有什么分别？

这是一首格调清新、兴味盎然的七绝小诗，诗虽短，却在中国围棋史上占有极其重要的地位。从此诗中，我们可以管窥古代文人弈棋的思维方式，进而透视通过围棋流露出的民族性格。

◎轶闻异物录

围　棋

围棋，起源于中国，古代称为“弈”，可以说是棋类之鼻祖，至今已有四千多年的历史。

围棋使用方形格状棋盘及黑白二色圆形棋子进行对弈，棋盘上有纵横各十九条线段将棋盘分成 361 个交叉点，棋子走在交叉点上，双方交替行棋，落子后不能移动，以围地多者为胜。中国古代围棋是黑白双方在对角星位处各摆放两子（对角星布局），为座子制，由白方先行。现代围棋取消了座子规则，黑先白后，因为黑方先走占了便宜，所以人为规定黑方局终时要给白方贴子，使围棋的变化更加复杂多变。围棋也被认为是世界上最复杂的棋盘游戏。

由于南北朝时期玄学的兴起，文人学士以尚清谈为荣，因而弈风更盛，下围棋被称为“手谈”。上层统治者无不雅好弈棋，他们以棋设官，建立“棋品”制度，对有一定水平的“棋士”，授予与棋艺相当的“品格”（等级）。当时的棋艺分为九品，《南史·柳恽传》载：“梁武帝好弈，使恽品定棋谱，登格者二百七十八人。”可见棋类活动之普遍。日本围棋分为“九段”即源于此。

隋唐宋元时由十九道棋盘代替了过去的十七道棋盘，从此十九道棋盘成为主流。随着隋帝国对外征讨，高句丽、新罗、百济把围棋带到了朝鲜半岛，而遣隋使则把围棋带到了日本国。

唐宋时期，可以视为围棋游艺在历史上发生第二次重大变化时期。由于帝王们的喜爱以及其他种种原因，围棋得到长足的发展，对弈之风遍及全国。弈棋能够陶冶情操、愉悦身心、增长智慧，与弹琴、写诗、绘画被人们引为风雅之事，成为男女老少皆宜的游艺娱乐项目。

悟真院[1]

野水纵横漱[2]屋除[3]，午窗残梦鸟相呼。

春风日日吹香草，山北山南路欲无[4]。

◎注释

①悟真院：又名悟真庵，在金陵（今江苏南京）钟山（亦称紫金山）的东边，王安石晚年居住金陵，在钟山筑半山园，悟真院是他常游之地。

②漱：冲刷，冲洗的意思。

③屋除：屋前的台阶。除：这里指的是台阶。

④路欲无：指芳草滋生，把路径都掩盖了。

◎译文

纵横交错的溪涧流水冲洗着屋前的台阶，

倚窗午睡，好梦将尽，忽听得小鸟啼叫。

和煦的春风不时送来了沁人肺腑的芳香，

山北山南，绿草丛生，把路径都掩盖了。

◎创作背景

此诗创作于宋神宗熙宁十年（1077年）后，此时王安石已退居钟山，悟真院环境幽静，是他常去游览的地方。诗人有感于这一带的自然风光，创作此诗。

◎赏析

诗人借助纵横的野水、清脆的鸟鸣、闲适的午睡、芳香的春风、遍野的芳草等意象，营造出淡泊清幽、明净鲜丽的春日美景，体现出诗人超然脱俗、心契自然的恬淡情怀。

“野水纵横漱屋除”，这是描写悟真院的地理环境，除了寺院后面有八功德水之外，附近还有许多纵横交错的溪涧。“漱”字写出野水仿佛是在冲刷着台阶，很有动感，灵动而活泼。悟真院浸润在纵横交错的野水之中，殿阁临流，意境明净，多姿多态，让人不由想起古人所推崇的枕石漱流的隐逸生活。

“午窗残梦鸟相呼”，写倦游后倚窗午睡，似梦似醒中，忽听得小鸟啼叫，如同在彼此应和，点出正是桃红柳绿的春天。鸟鸣声呖呖可闻，正反衬出悟真院的清幽。古人说诗中有画，这首诗的开头两句，就毫不费力地画出了一幅山寺风景图。

“春风日日吹香草，山北山南路欲无”，和煦的春风，送来了沁人肺腑的芳香，说明诗人的视野已从悟真院移到了整个钟山。但见芳草遍野，欣欣向荣。山北山南，都被丛生的绿草遮满，连路径也几乎辨不出来了。短短两句，写出了暮春三月江南草长的情景。

这虽是一首写景之作，然而景中有人，人中有景，可谓以恬淡心情入诗而成清新淡远之境，不乏一个成功政治家的胸怀气度。作为北宋的杰出政治家，王安石写作此诗时虽已退出政治舞台，但他仍乐观自信，可见其襟抱之宽广、艺术功力之深厚。

◎轶闻异物录

王安石与佛教

王安石与佛教的因缘，首先得归之于其父亲王益的影响。隋唐以来佛教宗派繁衍，蔚为大观，官绅士人学佛活动日趋兴盛，至宋代，士大夫参禅问道举目皆是。

王益无论是开始为官时（任建安主簿），还是在新繁、江宁等地，都曾经出入寺院，与寺僧都有较多交游，互有答赠。王益于佛理颇通，大概也习染了当时的清虚、禅悦风气，曾写下“近来禅观都无语，手指余花满寺庭”，这种家庭背景显然直接影响了王安石。王安石少年时期就随父亲到处出游，拜访大德高僧。王安石在《扬州龙兴讲院记》中也有提及：“予少时，客游金陵，浮屠慧礼者从予游。予既吏淮南，而慧礼得龙兴佛舍，与其徒日讲其师之说。尝出而过焉，庳屋数十椽，上破而旁穿，侧出而视后，则榛棘出入，不见垣端。”

成年后，王安石在以儒家的方式理政，为官一任的同时，继续与著名高僧多有交游。

王安石一生结识了许多高僧，早年以瑞新和大觉怀琏为代表，在京时又有智缘等，晚年则有蒋山赞元、宝觉、净因、真净克文等。由于王安石与佛教徒有着密切的交往，因此他对于佛教有着较为深刻的了解、客观的认识。

太湖[1]恬亭

槛[2]临溪上绿阴围，溪岸高低入翠微[3]。

日落断桥人独立，水涵[4]幽树鸟相依。

清游始觉心无累，静处谁知世有机。

更待夜深同徙倚[5]，秋风斜月钓船归。

◎注释

① 太湖：太湖位于长江三角洲的南边，古称震泽、具区，又名五湖、笠泽，是中国五大淡水湖之一。

② 槛：栏杆。

③ 翠微：青翠的山色，也泛指青翠的山。

④ 涵：蕴含的意思。

⑤ 徙倚：徘徊，来回地走，逡巡。这里指流连不去的意思。

◎译文

恬亭靠近溪水周边被绿树环绕着，
小溪的岸涯高高低低在翠微之中。
断桥边夕阳西下一人孤独地伫立，
水中倒映着树影似与栖鸟相偎依。
现在清闲地游览才觉得心无牵累，
幽静中有谁知道世人处处藏心机。
更期待夜深人静时来此享受清净，
待到明月升起秋风伴我划船而归。

◎创作背景

《太湖恬亭》约写在宋神宗熙宁七年（1074 年），王安石在宋神宗时为宰相，因创造新法来改革弊政，遭到大官僚大地主的反对，后辞官退居南京。

也有认为此诗是诗人居官执政期间所作。在政治斗争的漩涡中，诗人忙里偷闲获得短暂的解脱，最直接的依据是尾联的想象，表现向往之情，若已辞官，已获自由之身，何必向往？

◎赏析

这首诗通过对恬亭环境清幽、静谧的描写，表现了诗人宅心世外、与世相忘的闲适之心。

“槛临溪上绿荫围，溪岸高低入翠微”，写恬亭所处的环境。恬亭靠近溪流，亭子的栏杆探到水面上，周边是浓浓的绿荫围绕。溪岸沿着地势高低错落，一直深入清脆的山峦。环境如此幽静，溪流、绿荫和翠微，切割了红尘；一时间，人心也超脱了俗世的羁绊。

“日落断桥人独立，水涵幽树鸟相依”，写恬亭日落的景象。在这静谧的环境里，黄昏到来了。由恬亭西望，断桥桥头，殷红的夕阳缓缓下坠；幽暗的树影映现在水中，归禽相互依偎，偶或有一两声啾鸣。天地间一片肃穆，诗人独立恬亭，他的心也同样肃穆吧。

“清游始觉心无累，静处谁知世有机”，写恬亭闲处的感受。绿荫环绕的恬亭适宜静思，西坠的落日引来沉思，诗人不能不想到人生的意义，想到生命的归宿。清闲悠游，心无牵累，劳形案牍全可抛掉；岑寂环境，人事心机，世间诡诈尽皆忘却。这感悟是如此清晰。

“更待夜深同徙倚，秋风斜月钓船归”，这是诗人想象出的一幅更加静谧、安闲、自由的渔翁归钓图。诗人很想就这样远离世事，陶然忘机，但这无非是“一场梦”罢了。所以，就期待徘徊流连到深夜，然后在西斜秋月、习习秋风中，驾着一叶钓船回归好了。回归哪里？是住处、家乡、田园，还是官场呢？

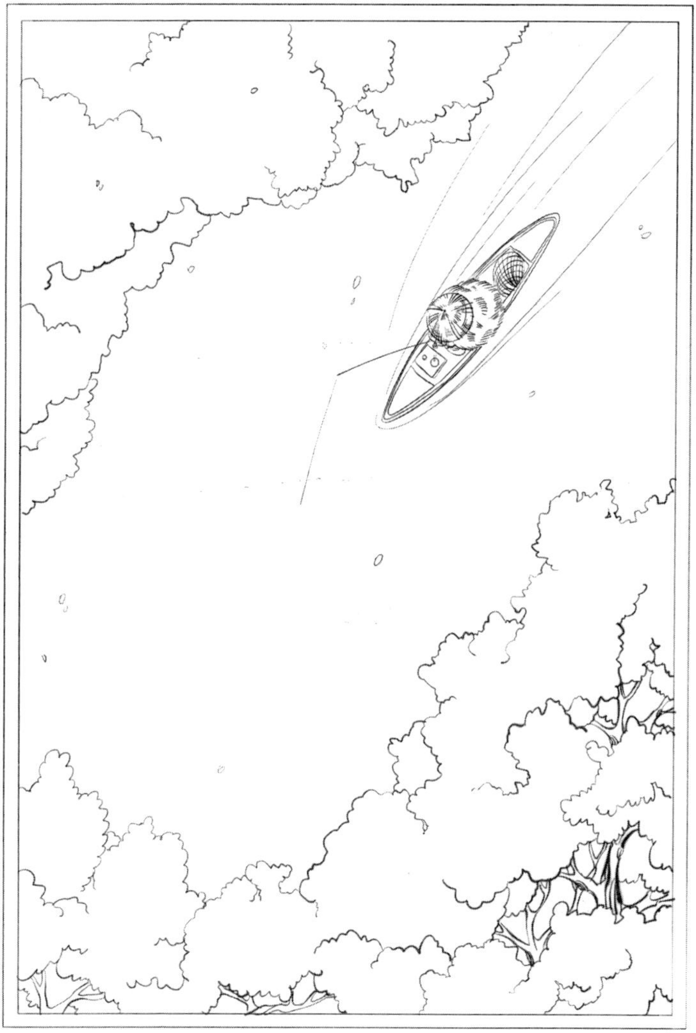

整首诗笔调轻松流畅，但在其轻松的文笔中藏有几多沉重，奔走在官场政坛、纠缠于人事纷争的王安石，用这首诗作，为“偷得浮生半日闲”做了很好的诠释。

◎轶闻异物录

宋朝宰相

宋太祖建国后，不断加强皇权，分化、削弱相权。在很多朝代，宰相并不是一个官名，实际上是一个群体，是除皇帝之外的最高领导层。宋初实行“二府三司制”，宰相职权被一分为三。中央虽设三省，但三省及六部长官不经特许不得管理本司事务，成为闲职。实际权力归属“中书门下”这一机构，又称政事堂、都堂等，管理国家行政事务，以同平章事为长官，多由中书、门下两省侍郎担任，无定员。此外，以参知政事为副相，分割行政权。枢密院为中央最高军事机构，长官为枢密使，与政事堂合称东、西“二府”。“三司”（户部、盐铁、度支）主管财政，号称“计省”，长官为“三司使”，号称“计相”，地位略低于“二府”。二府三司各自独立，互不统属，直接对皇帝负责，构成最高辅政机关。

宋神宗元丰年间改制，废除二府三司制，以左、右仆射为宰相，左仆射兼任门下侍郎，右仆射兼任中书侍郎。

南宋初，左、右仆射加同平章事，为正宰相，不再兼任二省侍郎，二省侍郎改为参知政事。南宋孝宗以后，正宰相为左右丞相，副宰相仍复参知政事。此外，还设有“平章军国重事”和“同平章军国重事”，由老臣或权臣担任，处理军国大事，位高于宰相。

定林[1]所居

屋绕湾溪竹绕[2]山，溪山却在白云间。

临溪放艇倚山坐，溪鸟山花共我闲。

◎注释

①定林：即定林寺。南朝宋景平二年（424 年），僧人慧觉于今南京钟山创建。

②绕：环绕，围绕的意思。

◎译文

溪水环绕着居所，竹林环绕着青山。

清溪和绿山看上去却都在白云之间。

划船或在溪水中漫游，或依山而坐，

溪水、鸟儿、青山、花朵陪我悠闲。

◎创作背景

这是诗人创作的一首七言绝句，约作于宋神宗熙宁十年（1077 年）后，诗人第二次罢相，从此闲居江宁府，游玩定林寺时所作。

◎赏析

该诗描写了诗人居所的清幽环境以及诗人的闲适生活，抒发了诗人对宁静闲适生活的怡然自得。

“屋绕湾溪竹绕山，溪山却在白云间”，溪水环绕住所，竹林环绕着青山，溪水、青山好似在白云之间。这是对居住环境的描写。屋“绕”溪，竹“绕”山，“绕”字就描绘出一幅山清水秀图了。

“临溪放艇倚山坐，溪鸟山花共我闲”，坐在竹筏上，诗人的心境就像小溪一样澄澈，像白云一样悠闲，像山鸟一样适意，像山花一样自在，表现他的恬淡之趣和宁静之美。

“闲”是王安石退居钟山后所作诗中经常出现的一个字，如《游钟山》四首之一：“终日看山不厌山，买山终待老山间。山花落尽山常在，山水空流山自闲。”这让读者感到，诗人在其中的体验似乎比那“鸡犬之声相闻，民老死不相往来”的桃花源还在世外，因为，诗人在这个境界中不仅没有争竞，而且简直连“心”的概念都没有了。

整首诗采用了白描手法，兼用了夸张和想象，语言朴素、直白，没有矫揉造作的语句，显得格外清新、自然，体现出诗人放飞自我的释然和闲适的生活情趣，增强了其艺术感染力，极易于读者产生心理共鸣。

◎轶闻异物录

南　朝

南朝（420年—589年），是东晋灭亡之后隋朝统一之前存在于中国南方以建康（今南京）为都城的四个朝代的总称。

元熙二年（420年）东晋灭亡，刘宋取代东晋，此后在中国南方地区相继出现了宋、齐、梁、陈四个汉人政权，史称“南朝”，嫡传华夏文化之正朔，司马光的《资治通鉴》奉南朝为正统。南朝与鲜卑人或鲜卑化汉人在中国北方地区建立的北魏、东魏（北齐）、西魏（北周）等北朝政权对峙，合称南北朝。南北朝是一个战事频发、同时英雄辈出的时代，也是一个各民族融合的高潮时期，中华民族在这个时期经历了一个重要的发展阶段。

虽然南朝的四个政权各自存在都只有几十年，但作为汉族在南方的统治政权，为汉族文化在秦岭淮河以南地区的传播作出贡献，同时在南方兴起了建康、江陵、扬州、成都等大城市，中国南方的经济取得了很大发展。南朝在中国历史上有着极其重要的地位，客观上为华夏文明的延续、发展和传播作出了不可磨灭的贡献，南朝时期的建康城和同时期的罗马城并称为“世界古典文明两大中心”，以建康为代表的南朝文化，在历史上产生了深远影响。

古　松[1]

森森直干百余寻[2]，高入青冥[3]不附林[4]。

万壑[5]风生成夜响，千山月照挂秋阴。

岂因粪壤[6]栽培力，自得乾坤[7]造化[8]心。

廊庙[9]乏材应见取，世无良匠[10]勿相侵。

◎注释

①古松：这里指千年之松。

②百余寻：形容古松长得高。寻：古代长度单位，八尺为一寻。

③青冥：指仙境，天庭，这里是青天高处的意思。李白《长相思》：“上有青冥之高天，下有渌水之波澜。”

④不附林：独立于山林之外。

⑤壑：山谷的意思。

⑥粪壤：这里指肥土的意思。

⑦乾坤：天地、日月的代称。

⑧造化：指创造演化，也指大自然。

⑨廊庙：指殿下屋和太庙，后指代朝廷。战国慎到《慎子》：“廊庙之材，盖非一木之枝也。”

⑩良匠：高明的匠人。

◎译文

幽森的古松笔直笔直，高高耸立足有八百尺，
它的主干直插青天，傲然于莽莽苍苍丛林中。
夜风吹拂着松林，从山壑间传来阵阵松涛声，
月色笼罩着千山万岭，浓浓的阴云挂上树梢。
这些高耸入云的松林哪里是凭借粪土的栽培，
它们都是依靠着大自然天地的造化神功仁德。

如果是国家朝廷宗庙缺少良材，可以来取用，

但是，若没有优良的工匠还是不要砍伐它了。

◎创作背景

这首七言律诗当作于宋神宗熙宁即位以前。据传，德安（今属江西）名士王韶（1030年—1081年）曾为东林寺内古松赋诗一首："绿皮皴剥玉嶙峋，高节分明是古人。解与乾坤生气概，几因风雨长精神。装添景物年年别，摆阖穹愁日日新。唯有碧霄云里月，共君孤影最相亲。"此松为东晋高僧慧远亲手植于净土宗发源地东林寺内。一松矗立，苍劲挺拔，气势不凡，距今一千五百多年。一说王安石游庐山，见诗，甚爱之，因和诗一首云云。宋仁宗嘉祐三年（1058年），王安石任提点江西刑狱，按临潘阳，曾召王令来会，可能同游庐山，得见王韶之作，遂有此诗。

另一说，是王安石游湖北罗田天堂寨大别山主峰下的降风殿，见殿后古松，遂赋此诗。

◎赏析

作者借物抒怀，以物喻己，通过对古松高高耸立的静态描写与狂风的动态描写以及作者对古松的想象和感慨，综合运用动静结合与虚实相生的手法，表达自己不愿与世俗同流合污以及怀才不遇的无奈和高洁。

"森森直干百余寻，高入青冥不附林"，写古松的茂盛与高耸，且独立于丛林之外。不附林，拟人语，开始见其孤傲个性。

"万壑风生成夜响，千山月照挂秋阴"，山壑间夜风吹拂传来松涛阵阵，月冷千山，树梢挂着秋季的阴云。拓开背景，千山万壑，风生月照，渲染衬托，突出形象。

"岂因粪壤栽培力，自得乾坤造化心"，看似代古松发言：成长全赖造化之功，不借粪壤之力。实则是说，古松秉天地之心，立身纯洁。

“廊庙乏材应见取，世无良匠勿相侵”，古松高大有用，如果正逢国家朝廷宗庙缺少良材之时，可以取用它。然而，古松既是大材，就必须由善于运用斧斤的良匠来砍伐、加工，否则，只会使用不当，损伤大材。

毫无疑问，诗人是借咏古松以言志。古松是廊庙之材，而诗人也是以致君尧舜自任的。君主需要并选拔安邦定国的杰出人才；与此同时，这类人才在愿意献身兼济大业的同时，在为谁而用的问题上，不能不有所选择。倘若所遇之君并非明君，则不仅不能有所作为，反而受到伤害，不能自保。因此，在这首诗里，作者实际上提出了君臣之间双向选择的原则问题。这既是历史教训使然，也可见作者的政治个性。

此篇所写古松，形象高峻，立身纯洁，既具献身精神，又具处世理性，确是诗人自我写照。

◎轶闻异物录

慎　到

慎到（约前390年—前315年），尊称慎子。战国时期赵国邯郸（今属河北省）人。《史记》说他专攻“黄老之术”。

慎到著有《慎子》一书，司马迁《史记·孟子荀卿列传》中介绍说有“十二论”。徐广注释道：“今《慎子》，刘向所定，有四十一篇。”班固《汉书·艺文志》著录为四十二篇，宋代的《崇文总目》记为三十七篇。清朝时，钱熙祚合编为七篇，刻入《守山阁丛书》。现存《慎子》只有七篇，即《威德》《因循》《民杂》《德立》《君人》，另加《群书治要》里的《知忠》《君臣》。由此可见，《慎子》的佚失情况相当严重。除上述篇目外，还有佚文数十条。

慎到与老子、庄子都崇尚自然，其出发点虽相同，但他们的归宿差之甚远。老子看到自然的伟大，鼓吹“绝圣弃智，复古归朴”；庄子在“完美自然”的前提下，对人类社会充满绝望之情；慎子承认天地的伟大，但同时相信人们能够处理好与自然的关系。

慎到主张“民一于君，事断于法”，即百姓、百官听从于君主的政令，而君主在做事时必须完全依法行事。而且，立法权也要集中于君主之手，各级官吏只能严格地遵守法律和执行法律，即“以死守法”。百姓则要接受法令的规定，按法做事，即“以力役法”。慎到认为这样才能实行法治，并取得功效。在君主具体执法的过程中，慎到提倡法治，做到公平执法，反对人治。主张立法为公，反对立法为私。用他的话说，就是“官不私亲，法不遗爱，上下无事，唯法所在”。他认为法治比人治优越，甚至说不好的法律也比没有法律好。

慎到的势、法、术互相制约、互相补充。尚法是处于中心地位的思想。而法之行，赖于统治者的威势。有威势，始能令行禁止，而达于至治。其重势之说为韩非吸收继承。

勘（kān）会[①]贺兰溪主

贺兰溪，洛京[②]地名。陈绎[③]买地筑居，于邮中问之[④]

贺兰溪上几株松，南北东西有几峰？

买得住来今几日，寻常谁与坐从容[⑤]？

◎注释

① 勘会：同“勘当”，唐宋公文中的用词，含有议定、审核的意思。此处为戏谑的意思。

② 洛京：北宋西京洛阳。

③ 陈绎：1021 年—1088 年，字和叔，洛阳（今属河南）人，一说开封人。宋仁宗庆历初进士。任馆阁校勘、集贤校理，刊定《前汉书》。宋英宗时同判刑部，又为实录检讨官，参修《仁宗实录》。宋神宗在位期间官至翰林学士，检阅二府除罢官职事，撰《拜罢录》。后出知滁、广、江宁等州府，兼经略安抚使。曾坐事贬建昌军。

④ 于邮中问之：即寄书信问之。

⑤ 谁与坐从容：“与谁从容坐”的倒装句。从容：安逸舒缓的意思。

◎译文

贺兰溪，是一个地名，在东都洛阳。得知陈绎在此买地筑造住宅，因此，写信去问候他。

贺兰溪上生长了多少棵青松呀，
东西南北方向上又有几座山峰？
买到这个好地方至今多少时日，
平常跟谁一起闲坐谈笑风生呢？

◎创作背景

从这首诗的题注中可以看出，陈绎被贬革职后在洛阳贺兰溪买了一块地筑造住宅，王安石因对他颇为敬重，便作此诗寄给他以示问候。具体创作时间待考。

◎赏析

这首诗通过问句方式描写，表示诗人对友人买得洛阳贺兰溪地的祝贺之情。

“贺兰溪上几株松”，陈绎的新居筑在贺兰溪畔，门前几株苍松傲然挺立。“溪”是山间的流水，而不是一般的水流，山泉淙淙，显得分外清幽。几株“松”，而不是一般的“树”，“岁寒，然后知松柏之后凋也”，几株松象征着这位“不畏权贵”“务摧豪党”的贺兰溪主高风亮节，坚贞不屈。这弦外之音，值得细细品味。

“南北东西有几峰”，这是说陈绎的居舍四面环山，群峰拱峙。其中蕴含着对友人的无限深情。

“买得住来今几日”，这句朴素恳切的询问，是对陈绎能在这个风景如画的秀丽山村中买得新居住下，表达欣喜与庆贺。

“寻常谁与坐从容”，说明诗人对这位被贬革职、退居山林后的朋友生活，极为关切。他想象，也就是祈望，陈绎能像唐代诗人于鹄那样，“昨日山家春酒浓，野人相劝久从容”（见《醉后寄山中友人》）。于是诗又把人引进一个新的意境：贺兰溪边，苍松荫下，在宦海浮沉中喝了几口水的归田官吏陈绎，时时与渔夫野老从容举杯，古今多少事，尽付谈笑中。这是用典表达问候与劝慰。王安石在个人仕宦上，是比较淡泊于名位的，他认为好山好水好邻居，“吾何恨，有渔樵共醉，溪友为邻”，老朋友，随遇而安吧，忘情物外，乐在其中矣。

这首诗“句句是问”，新颖别致，可见其艺术造诣之高。

◎轶闻异物录

北宋四京

宋朝建立初，沿五代旧制，以开封府（今河南开封）为东京，同时以河南府（今河南洛阳）为西京。

宋真宗景德三年（1006年）二月，以赵匡胤曾任后周归德军节度使所领之宋州（今河南商丘）为帝业肇基之地，升为应天府；后至大中祥符七年（1014年）正月，以应天府为南京。

宋仁宗庆历二年（1042年），吕夷简以宋真宗咸平三年（1000年）驻跸大名府（今河北大名东北）亲征契丹为由，奏请大名府为北京。

东京为首都、京畿路路治，是全国政治、经济和文化中心；南京是京东路路治和宗庙社稷所在地，也是重要的经济文化中心；西京为京西北路路治；北京是河北东路路治。

山 陂[①]

山陂(bēi)院落[②]今挼(ruó)钟[③],城郭[④]楼台已放灯[⑤]。

白发逢春唯有睡，睡闻[⑥]啼鸟亦生憎[⑦]。

◎注释

① 山陂：山坡。

② 院落：意思为房屋前后用墙或栅栏围起来的空地。这里指寺院的意思。

③ 挼钟：敲钟。挼：本意是揉搓，这里指敲打。钟：一作“种”。

④ 城郭：城指内城的墙，郭指外城的墙。

⑤ 放灯：上灯的意思。

⑥ 睡闻：一本作“睡间”。

⑦ 生憎：讨厌、憎恨。生是极、偏的意思。

◎译文

山坡上寺院里的晚钟已经敲响了，
内城外城的楼台上也都点起明灯。
上了年纪的人在春来时只想睡觉，
连梦中听到鸟叫声感到心烦意乱。

◎创作背景

这首诗作于宋神宗元丰七年（1084 年）。王安石变法失败后，辞职退居江宁（今南京），一日游赏一座山上的古寺，站在山坡上，耳边听着从寺院里传来悠扬的晚钟声，眺望远处内城和外城城墙上一片灯火通明，有感而作此诗。对于诗中的“挼钟”，有的版本是“挼种”，认为是描写王安石在自己围起来的大院子里播种劳动。

◎赏析

这首诗描写了山寺晚钟敲响、城内外灯火初上的情景，表达了诗人对政治失意、岁月易逝、年华老去的感慨。

王安石晚年亲眼看着自己亲手制定的新法被一一废除，他虽外表很平淡，但内心是极为苦痛的。

“山陂院落今挼钟，城郭楼台已放灯”，诗开篇就反映了王安石退隐生活的一个侧面，山坡上寺院里的晚钟已经敲响，时间到了夜幕降临的时刻，城郭楼台的灯火也已点燃。

“白发逢春唯有睡，睡闻啼鸟亦生憎”，休闲下来的诗人开始抒发内心的感慨：上了年纪的人在这春来时只想睡觉。自己的人生已经到了暮年，理想和抱负都不能实现，种种的努力也都付诸流水，虽然又一次冬去春来，但生命的春天却不会再次来临。诗人的内心是苦闷的，“唯有睡”正是诗人为自己找到的排解方式。更让诗人烦心的是，鸟儿并不了解诗人的心情，仍在卖弄着自己的歌喉，惹得诗人一腔怨气。不仅是因为鸟儿惊扰了诗人的睡眠，更是因为鸟的叫声扰乱了诗人原本就不平静的心灵，才让其如此反感。

这首诗虽然有“悲”但不“壮”，与其称其“闲淡”，不如用“颓废”称之。结构上最大的特点是诗人将其心情放在时间的推移中来写，由寺院的钟声，到夜晚的灯火，再到诗人的入睡，随之睡中情形一一呈现，时间是潜于全诗中的一条暗线，将诗人一天的活动与心情完整地展示出来。虽看似信笔写来，实颇费苦心。

江 宁 府

江宁府是中国古代在南京地区设立的一个府，是南京在南唐、北宋、南宋初年、清朝时期的名称。

五代十国时期，南唐在金陵建都，改金陵府为江宁府。江宁府是南唐的国都，是中国南方的政治、经济、文化中心，下辖上元县、江宁县、溧水县、溧阳县、句容县、广德县、当涂县、芜湖县、繁昌县、六合县、铜陵县、青阳县等。

北宋时期，宋真宗天禧二年(1018年)复升州为江宁府。当时的江宁府是江南东路的首府，是中国东南地区的政治、经济、文化中心，下辖上元县、江宁县、句容县、溧水县、溧阳县等，南宋高宗建炎三年(1129年)复改江宁府为建康府。

清朝时期，清军占领应天府后，改应天府为江宁府。江宁府是统辖江南省(今江苏、安徽、上海)、江西省两(三)省的两江总督署驻地，清朝时期中国的军事重镇，两江经济中心、财政物资的重要供应地，下辖上元县(今南京主城东部)、江宁县(今南京主城西部)、溧水县(今溧水区)、句容县(今句容市)、溧阳县(今溧阳市)、江浦县(今浦口区)、六合县(今六合区)、高淳县(今高淳区)，治所位于江宁县和上元县。

谢安墩[1]·其一

我名公字偶相同[2]，我屋公墩在眼中。

公去我来墩属我，不应墩姓尚随公[3]。

◎注释

①谢安墩：一本作《谢公墩》。山名，在今江苏江宁县城北方向。因东晋谢安曾居于此而得名，后王安石也居住在此。

②“我名”句：谢安字安石，故云。

③“公去”二句：为调侃之语，但也寓有深意。王安石《谢安》诗云：“谢公才业自超群，误长清谈助世纷。”对谢安颇有微词，可见王安石是自视功业高过谢安的。

◎译文

我的名字在偶然间和谢公的字是一样的啊，

我的房屋也正对着公墩山，一眼就可望见。

谢公离去后有我来了，公墩山现在属于我，

现在这公墩山总不该还随着谢公的姓氏吧。

◎创作背景

此诗作于宋神宗熙宁十年（1077年）后。以调侃的语气，用对话的方式借“谢公墩”的名目，把自己和历史上地位相仿的谢安公联系在一起，开一个巧妙的玩笑。在玩笑之中，可以看出王安石不让古人的自负意气，及其不乏诙谐幽默的性格特点。

◎赏析

本诗通过对谢安公以及公墩山的描写，表现出诗人好胜自负和幽默诙谐的性格特点。

“我名公字偶相同”，谢安字安石，诗人亦名安石，所以说我的名与谢公的字是一样的，都是有缘人。

“我屋公墩在眼中”，我的房屋正对着公墩山，一眼可望见。表示此山距离不远。

“公去我来墩属我”，谢安曾居此山，诗人后亦曾居于此地。谢安已逝，诗人以此墩自属，莫非其亦有东山归隐之意？

“不应墩姓尚随公”，诗人在此有与古人争墩之意，表现出诗人好胜自负的一面，也很有幽默感。

整首诗语言幽默诙谐，巧借历史人物来突出自己的政绩不同一般。

◎轶闻异物录

半山寺与半山园

一说起王安石曾经住在南京的半山园，很多人都知道，而对于半山寺人们却所知甚少。王安石晚年隐居半山园，一场重病初愈后，上书皇上请求将住宅改建寺院。

宋神宗命名为“报宁禅寺”，后又被人称作半山寺。所以北宋之后，王安石故居都以半山寺的形式存在，现为南京市文物保护单位，在原址上修建的王安石故居，位于南京清溪路的海军指挥学院内。

是先有半山园还是先有半山寺，对此有两种不同的说法。

有一种说法是，金陵早有半山寺，王安石年轻时进京赶考，在彭城邂逅盐城考生李诗，一路上互相照顾，结下了深厚情谊。可惜开科试举后，李诗名落孙山，而王安石却金榜题名，高中进士。

李诗一气之下削发出家，到金陵半山寺里当和尚。王安石做官后，诚恳邀请他来京做官，当自己的帮手，共同推行新法，但李诗表示坚决不去做官，为了答谢王的情谊，李诗每逢四时八节，都要差人送去一些土特名产。

王安石对这样热情的故友非常怀念。而后王安石变法失败，李诗知道王安石决意弃官为民时，便劝他来金陵落户，同住半山寺相伴。王安石接受了李诗的邀请，把家安在半山寺隔壁，并自号“半山”。

不过，较广泛的说法还是，半山寺是由半山园改建而成的。

当年，这里是一片无人居住的荒僻之地，且地势低洼，积水很多。王安石请人开渠泄水，培土造屋，过起了隐居的生活。后来，王安石把半山园及附近的几百亩田一律割给寺庙所有。他自己在这年秋天，另在秦淮河畔租了一个小小的独院居住。据父老传说，这个独院就在清朝江宁县治后面的惠民药局，大概在今内桥附近。

钟山晚步[①]

小雨轻风落楝（liàn）花[②]，细红[③]如雪[④]点平沙。

槿篱[⑤]竹屋江村路，时见宜城卖酒家[⑥]。

◎注释

①晚步：傍晚的时候散步。

②楝花：楝树之花。开在初夏，花小，淡紫色，有清香。宋孙宗鉴《东皋杂录》云："江南自初春至初夏，有二十四番风信……梅花风最先，楝花风最后。"唐人无名氏残句："楝花开后风光老，梅子黄时雨气浓。"

③细红：代指楝花的色彩。

④如雪：像雪花一样。这里表示不是比雪花白，而是比雪花轻、比雪花软的意思。

⑤槿篱：插槿为篱。南朝梁沈约《宿东园》："槿篱疏复密，荆扉新且故。"五代孙光宪《风流子》："茅舍槿篱溪曲，鸡犬自南自北。"槿：木槿。

⑥宜城卖酒家：泛指酒家。东汉时，宜城酒甚为有名。见《周礼·天官·酒正》郑玄注等。晋张华《轻薄篇》："苍梧竹叶清，宜城九酝酒。"

◎译文

若有若无的细雨小风，吹得楝树的花瓣纷纷飘落。

淡红色的花朵，像冬雪覆盖在一望无际的荒园中。

通往江边小路上，有人家用木槿为篱，青竹做庐。

每走几步，就可以见到宜城卖酒人家的酒旗在飘。

◎创作背景

这首绝句诗当作于宋神宗熙宁十年至哲宗元祐元年（1077年—1086年），具体创作时间待考。熙宁八年（1075年）二月，王安石再次拜相，但复相后的他得不到更多的支持，加上变法派内部分

裂严重，新法很难继续推行下去，于是在熙宁九年（1076 年），王安石多次托病请求离职。同年六月，长子王雱病故，王安石极度悲痛，十月，辞去宰相，外调镇南军节度使、同平章事、判江宁府。熙宁十年（1077 年）王安石再次罢相且辞去江宁府的职衔后，退居江宁（今江苏南京）半山园。此诗应是这一时期作品。

◎赏析

诗人通过描写细雨轻风、楝花飘落、青竹槿篱以及卖酒人家这些风景，抒发了悠闲自得的心情。

“小雨轻风落楝花，细红如雪点平沙”，描写傍晚时分，诗人在钟山漫步所见的美景。细雨落在楝花上，轻风把花瓣吹散开，使得楝花的花瓣，像雪一样覆在园内。“如雪”喻指楝花在轻风中轻盈飘飞的姿态，“点平沙”生动描写楝花坠落平地的美态。

“槿篱竹屋江村路，时见宜城卖酒家”，写出江村风物。路边人家以木槿为篱，青竹做庐。走几步便可看见宜城悠闲自得的卖酒人家。“时见”一词显得悠闲，更能说明诗人此时的心情是轻快愉悦的。

王安石这一时期的诗作，比他前期诗作的诗律更严谨，语言更精炼，但诗作中的政治热情锐退，诗风也发生了较大的变化，表现为闲淡、清婉、雅丽的艺术特征。

◎轶闻异物录

宜城酒

古代襄州宜城（今湖北宜城市）所产美酒。据《方舆胜览》载，宜城县东一里有金沙泉，造酒极美，世谓宜城春，又名竹叶酒。宜城美酒，追溯历史，在汉代就驰名天下，并一直流传至今。众多的古诗典籍中也可以见到宜城美酒的身影。如孟浩然诗句“宜城多美酒，归与葛疆游”。南朝梁刘潜《谢晋安王赐宜城酒启》:“奉教，垂赐宜城酒四器。”唐温庭筠《常林欢歌》:“宜城酒熟花覆桥,沙晴绿鸭鸣咬咬。”宋苏轼“楚人汲汉水，酿酒古宜城”。周邦彦《虞美人》词:“宜城酒泛浮香絮，细作更阑语。”说的都是宜城酒。宜城美酒也曾被敬献给皇帝,成为贡酒。

鄞（yín）县[1]西亭[2]

收功无路去无田，窃食[3]穷城[4]度两年[5]。

更作世间儿女态[6]，乱栽花竹养风烟。

◎注释

① 鄞县：今属浙江。

② 西亭：指鄞县官舍中的亭子。

③ 窃食：指白享俸禄的意思。

④ 穷城：这里指鄞县。

⑤ 两年：王安石于宋仁宗庆历七年（1047 年）调任鄞县知县，到宋仁宗皇祐元年（1049 年）正满两年。

⑥ 儿女态：儿女间表现的依恋、忸怩的情态。语本韩愈《北极赠李观》："无为儿女态，憔悴悲贱贫。"

◎译文

想做官却无法取得政绩，想辞官归去家中又无田产。

惭愧啊我白白地领俸禄，在这贫穷的小城过了两年。

如今，我又学着世间描写儿女情长的诗词文章来了，

为此，我在这里到处栽花种竹，制造风景营造意蕴。

◎创作背景

这首七言绝句作于宋仁宗皇祐元年（1049 年），作者任职鄞县知县时期。王安石年轻时知鄞县，曾"起堤堰，决陂塘，为水陆之利；贷谷与民，出息以偿，俾新陈相易，邑人便之"（见《宋史·王安石传》）。作为一个在政治上有抱负的诗人，当他的才华得不到赏识的时候，就是他最为痛苦的时期，而当时，王安石"慨然有矫世变俗之志"，却辗转于州县，此诗从侧面表达了诗人未得重用的苦闷之情。

◎赏析

这首诗写出诗人不安于做碌碌无为的庸官俗吏，即使在鄞县任上做了不少值得称道的事情，仍旧感到“收功无路”，有“窃食”之嫌，既表达出诗人的自我谴责，也表达出他在政治上不能大展雄心的无奈。

“收功无路去无田，窃食穷城度两年”，想做官却无法取得政绩，辞官归去家中又无良田。我惭愧地白白拿了俸禄，在这贫穷的地方度过了两年。“窃食”一词可以看出诗人自我谴责的意思。

“更作世间儿女态，乱栽花竹养风烟”，如今又学世间儿女的模样，制造风景乱种些花竹在亭边。诗人侧面写自己很“清闲”。“儿女态”“乱栽花竹”用来自嘲，写出“碌碌无为”之意，更与上句的“窃食”相呼应。

这首诗语言直白，但是内涵丰富，看似闲淡，其实是一首苦闷彷徨的独白诗。

◎轶闻异物录

鄞　县

鄞县即今浙江省宁波市鄞州区，位于长三角南翼，浙江省东部，宁波市中部沿海地区。鄞县历史悠久。早在新石器时代的母系氏族公社时期，境内就有原始人类居住，其原始公社遗址，已有五千年历史，其文化年代相当于河姆渡文化第二层。

鄞县春秋时属越国，战国时属楚。秦灭楚后，于前 222 年置鄞、鄮、句章三县。汉袭秦制，仍置三县。隋初三县合一，总称句章县。唐时改为鄮县。五代初改为鄞县，从此鄞县名称沿袭至今。

歌元丰[1]·其五

豚[2](tún)栅鸡埘[3](shí)晻[4](ǎn)霭间，暮林摇落[5]献[6]南山[7]。

丰年处处人家好，随意飘然得往还。

◎注释

① 歌元丰：本有五首诗，这是第五首。元丰：宋神宗赵顼的年号（1078 年—1085 年）。

② 豚：一作“豘”，这里指猪的意思。

③ 鸡埘：鸡窝的意思。

④ 晻：昏暗，同“暗”。

⑤ 摇落：木叶凋零。宋玉《九辩》：“悲哉秋之为气也，萧瑟兮草木摇落而变衰。”

⑥ 献：奉献的意思，这里作呈现、显露。

⑦ 南山：钟山又称北山，此谓南山当指钟山向阳的一面。

◎译文

暮色沉沉，猪栏鸡舍都被掩映在宁静的暮霭中，
秋风吹落了林木的叶子，钟山的身影清晰可见。
丰收之年，处处都是一派喜气洋洋的欢乐气氛，
我也喜欢开开心心地往来于欢乐的乡间小道上。

◎创作背景

《歌元丰》组诗作于宋神宗元丰四年（1081 年）。宋神宗元丰二年（1079 年），王安石虽已退居江宁多时，却仍关注着朝廷对施行新法的态度，宋神宗也没有因王安石辞去相位而废止新法，适逢连年风调雨顺，大获丰收，这使作者十分欣慰和喜悦，而此时，宋

神宗也很高兴，再次任命王安石为左仆射、观文殿大学士，改封荆国公。就是在这种背景和心情下，王安石写下一组五首《歌元丰》诗，此是第五首，也是一组中的“终篇”，是收笔之作。

◎赏析

这首诗通过描写禽畜成群、秋深气象以及丰年的喜悦之感，表现出农村田园生活的富足。

“豚栅鸡埘晻霭间”，写的是傍晚的景色。为了观察丰收的景象，诗人已经在附近农村走了好半天了。大致的情况都看完，此时又回过头来看，只见村舍人家都掩映在蒙蒙的暮色之中，连猪圈鸡窝都不甚分明了。这是写诗人兴致已尽，正在返家途中；同时，又透出他对此景象依依不舍的心情。

“暮林摇落献南山”，诗人继续走着，只见路旁树叶黄落，积了一地。猛一抬头，早些时候还藏在密林中的钟山，却豁然露在眼前。诗人高兴之余，浮想联翩：“你这钟山呀，看到一派丰收景象，也该是非常高兴的吧！你和我是同样的心情。”写出了诗人满心满意的喜悦。

“丰年处处人家好”，是总括一句。因为前面几首已将丰收景象描画过了，至此就用大笔总括，是收束的应有之笔。

“随意飘然得往还”，包含了三层意思：第一，诗人是“随意”的。因为他并无官职在身，不是以官员的身份来视察，只是随便走走。第二，他也是“飘然”的。因为不是在官之身，少了那套仪仗、随从差役、乡官父老迎送的规矩，等等，完全是个闲人，所以就能“飘然”。第三，用“往还”二字，结束整个组诗。刚才写的是“往”的所见，这里写的是“还”的心境。歌颂元丰丰收的主题，至此圆满结束。

这首诗的章法结构很有特点，诗人是带着欢快的心情结束行程的，所以，余味悠扬，兴致不尽。

《九辩》

《九辩》是我国文学史上第一篇情深意长的悲秋之作，是浪漫主义诗集《楚辞》中的一首感情深挚的长篇抒情诗，共有二百五十多句。东汉王逸定为战国时期楚国的宋玉所作。从诗的内容来看，其基本思想是表达“贫士失职而志不平”的感慨。这种感慨，在中国古代社会中带有普遍性。在艺术上，《九辩》虽多模仿屈原《离骚》之处，但也有自己的特色。它善于借景抒情，融情于景，并且句法多变，能够巧妙地运用双声叠韵和叠字等修辞手法，读起来抑扬顿挫，饶有音乐美，从而具有很强的艺术感染力。

关于《九辩》的主旨，王逸认为是宋玉“悯其师忠而放逐，故作《九辩》以哀其志”。现代学者对此有不同看法，主要有两种观点：一说此诗是代屈原立言，另一说此诗是宋玉自悯身世。

《九辩》的主题是悲秋。它把秋季万木黄落、山川萧瑟的自然现象，与诗人失意巡游、心绪飘浮的悲怆有机地结合起来，人的感情外射到自然界，作品凝结着一股排遣不去、反复缠绵的悲剧气息，勾起人们对自然变化、人事浮沉的感喟，成为后人学习的典范。汉武帝有《秋风辞》，曹植有《秋思赋》《遥逝》，曹丕有《燕歌行》。魏晋南北朝诗人笔下的秋天，大都带有《九辩》悲秋的气息，此后历经唐宋元明清，诗词中的悲秋之风始终弥漫不散。

悲秋，已成为中国传统文学的母题之一，产生了许多动人的作品，而《九辩》具有不可抹杀的原创性功劳。

后元丰行

歌元丰，十日五日一雨风[①]。

麦行[②]（háng）千里不见土[③]，连山没云皆种黍。
水秧绵绵[④]复多稌[⑤]（tú），龙骨[⑥]长干挂梁梠[⑦]（lǚ）。
鲥（shí）鱼[⑧]出网蔽洲渚，荻笋[⑨]肥甘胜牛乳。
百钱可得酒斗许[⑩]，虽非社日[⑪]长闻鼓。
吴儿[⑫]踏歌[⑬]女起舞，但道[⑭]快乐无所苦[⑮]。
老翁堑（qiàn）水[⑯]西南流，杨柳中间杙[⑰]（yì）小舟。
乘兴欹（qī）眠[⑱]过白下[⑲]，逢人欢笑得无愁。

◎注释

①十日五日一雨风：古人形容气候和美，风调雨顺叫“五日一风，十日一雨”。

②麦行：麦垄的意思。

③不见土：这里形容麦苗稠密茂盛的样子。

④绵绵：形容绵延无边的样子。

⑤稌：糯稻的意思。

⑥龙骨：这里表示水车的意思。

⑦梁梠：屋梁的屋檐。

⑧鲥鱼：体侧扁，银白色，生活在海中，五六月间溯江产卵，肉味鲜美，为名贵食用鱼。

⑨荻笋：芦笋。

⑩斗许：一斗左右。斗：计算容量的单位。许：表约数。

⑪社日：古代春、秋两季祭祀土神的日子。

⑫吴儿：苏南一带属古吴国，故称那里的青年男女为吴儿吴女。

⑬ 踏歌：用脚踩着拍子唱歌。

⑭ 但道：只说的意思。

⑮ 无所苦：没有苦恼。

⑯ 堑水：开挖水道。

⑰ 杙：小木桩。这里作动词用，“系”“拴”的意思。

⑱ 攲眠：斜躺着。

⑲ 白下：白下城，南朝齐、梁时曾为南方琅琊郡治所。北宋时为金陵的别称。故址在今南京市。

◎译文

我放声歌唱，元丰年真是个好时光。十日下阵雨，五日刮阵风，事事顺当。

连绵千里的麦子覆盖了原野，翻腾着金色的波浪；
漫山遍野的谷子与云彩连在了一起，散发着芳香。
水田里到处长满青青的糯稻，雨水充足长势喜人，
水车已不需要了，它被闲置在檐下，派不上用处。
渔民们撒下渔网，网出的鲥鱼堆满了水中的沙洲，
水边的芦笋长得又肥又甜，那味道已超过了牛乳。
只需要花费一百钱币，就可以买来一斗多的美酒，
虽然不是社日，可处处能听到庆丰收的喧天锣鼓。
吴地少年打着拍子唱起歌，姑娘们跟着翩翩起舞，
大家都在都异口同声地说我们真快乐再也没愁苦。
老翁我也乘着一只小船沿着护城河向西南方漂流，
兴起时，我把小舟系在杨柳上，在岸边走走看看。
乘兴斜躺着睡了一小会儿，不知不觉就过了白下，
沿途见到的人个个都是那么欢乐，没有谁在忧愁。

◎创作背景

本诗写于宋神宗元丰四年（1081 年），歌颂宋神宗元丰年间（1078 年—1085 年）风调雨顺、百姓欢乐景象的。元丰初，风调雨顺，

农丰物贱，百姓安居乐业，作者见到这一欢乐场面，十分高兴，在元丰四年作了两首诗对此进行讴歌，这是第二首。当时就连反对新法的范纯仁也曾写道:“赖睿明之在上兮，常十雨而五风。”

《喜雪赋》中记载，相传在周公辅政时，天下太平，岁无荒年，曾出现过这样的奇迹（见《盐铁论·水旱》)。古人认为政有德，则阴阳调、风雨顺。这种说法虽然不科学，但却寄托着古人对于理想政治的赞美之意。而以年号为诗题，虽然是受到韩愈《永贞行》的启发，但这首诗实是效法杜甫。不过，杜甫那些以诗歌记时事，深刻反映当时社会现实的诗作，基本上是写实，而这首诗则把理想和现实紧密结合起来，为北宋中叶的变法改革唱了一曲颂歌，因而是一篇富于理想主义色彩的史诗。

◎赏析

这首诗通过描写元丰年间风调雨顺、五谷丰登的喜人气象，歌颂了变法改革的重要性，是作者政治理想的直接展露。

“歌元丰，十日五日一雨风”，采用象征手法讴歌新法所至，如东风吹拂、时雨润苗、万物得所、百姓太平的景象。“五风十雨”，象征着新法，是加倍形容之词，王充曾说:“言其五日一风，十日一雨，褒之也。风雨虽适，不能五日、十日正如其数。”（见《论衡·是应篇》）王安石化用这个典故入诗，也是持赞扬的态度。

“麦行千里不见土，连山没云皆种黍”，写旱田作物长势喜人，且播种面积极为广大。“连山没云”更是突出面积之大。如此广大的原野都种满了黍麦，秋后的粮食就能使老百姓家家自给自足，国无饥人。

“水秧绵绵复多稌，龙骨长干挂梁梠”，写水田作物品种增加，且农田管理比较省力。“稌”是糯稻，产量低，一般用以酿造美酒；但是，由于连年丰收，粮食有余，故能多种糯稻，多酿美酒。此句与下文“百钱可得酒斗许”暗相呼应。“龙骨长干挂梁梠”承“五风十雨”而来。因为风雨顺适，所以抗旱用的龙骨水车也就长年沾不到水滴，被挂在梁上檐下，任其赋闲。农民不用为灌溉操劳，也就乐得轻松了。

“鲥鱼出网蔽洲渚，荻笋肥甘胜牛乳”，把江南鱼米之乡的富庶和农民生活的美好渲染得令人神往。鲥鱼、荻笋原是佐酒佳肴，欧阳修《离峡州后回寄元珍表臣》诗说：“荻笋鲥鱼方有味，恨无佳客共杯盘。”这里歌颂元丰五谷丰衍、物产精美的盛况。

“百钱可得酒斗许，虽非社日长闻鼓”，花百钱可以买来一斗多的酒，没到祭祀土神的时候，四邻也互相招邀，带上酒肉、社糕，搭棚于树下，先祭土神，然后会餐。社日击鼓是旧俗，唐诗中就有描写。刘禹锡《秋日送客至潜水驿》：“枫林社日鼓，茅屋午时鸡。”便是一例。由于连年丰收，酒肉便宜易得，所以人们不用等到社日，同样可以聚会欢饮，击鼓自娱。

“吴儿踏歌女起舞，但道快乐无所苦”，这是写青年的快乐，不仅描绘了青年们纵情欢乐的情景，而且还写出了他们美滋滋、乐陶陶的内心世界。南国水乡，本来就有男女青年在花前月下踏歌起舞的风俗，大熟之年，更为这种古老的风俗增添了欢声喜气。“但道快乐无所苦”，言外之意是说，这些青年的爱情、婚姻生活也是十分甜蜜的。

“老翁堑水西南流，杨柳中间杙小舟。乘兴攲眠过白下，逢人欢笑得无愁”，我老翁乘着只小船沿着护城河向西南漂流，有时在杨柳间系上小舟。满目美景看不够，趁着兴致斜躺着睡眠，不知不觉经过白下。见到的人都是那么的欢乐，没有忧愁。乡村老农淳朴率真，爱说爱笑。此时丰收在望，心里越想越美，一肚子的开心话总想找个地方说说。短短四句诗，生动地勾画了坐船进城寻亲访友的快乐和对于生活心满意足的情态，借而很好地歌颂了元丰时人民的幸福生活，写出农

村的欢乐气氛。

整首诗语言明快，气氛热烈，一气呵成，既有白描，也有比兴和用典。这首史诗不仅替新法抹上了神圣的光彩，歌颂新法所取得的辉煌成果，也歌颂了宋神宗的“修礼达义，体信达顺”，兼具史学价值和艺术之功。

◎轶闻异物录

踏　歌

踏歌，中国传统舞蹈。这一古老的舞蹈形式源自民间传统的群众歌舞形式，古代很多民族都有，共同的特征是集体性，参加者围成圆圈或排列成行，互相牵手或搭肩，上身动作不多，主要是脚下的舞步变化，边歌边舞。踏歌远在两千多年前的汉代就已兴起，到了唐代更是风靡盛行。所谓“丰年人乐业，陇上踏歌行”，它的母题是民间的“达欢”意识。

踏歌又名跳歌、打歌等。唐人踏歌的类型有：踏地为节、连袂起舞；顿足踏歌、拍手相合；择场跳月以择偶等。宋代每逢元宵、中秋，都要举行盛大的踏歌活动，正如蔡卞在《宣和画谱》里描写的：“中秋夜，妇女相持踏歌，婆娑月影中。”同时也有风格迥然的男子踏歌，在马远的名画《踏歌图》中，绘有四位老人在蜿蜒的山路上踏歌，上有宁宗皇帝的题诗：“宿雨清畿甸，朝阳丽帝城；丰年人乐业，垄上踏歌行。”此外，在今西南少数民族舞蹈中，如纳西族的阿哩哩、跳脚等，都属踏歌一类的舞蹈形式，其流行的舞步如半方半转、两方两转、苍蝇搓脚、喜鹊登高等，也都有踏歌舞姿的遗风。

踏歌从唐代即已传入东邻日本。此后，日本正月十四男踏歌、正月十六女踏歌之风相沿成俗。在日本，歌、歌垣、盆踊都是踏歌的演变。

元丰行示德逢[1]

四山翛（xiāo）翛[2]映赤日，田背坼[3]（chè）如龟兆[4]出。

湖阴先生坐草室[5]，看踏沟[6]车[7]望秋实[8]。

雷蟠[9]（pán）电掣[10]（chè）云滔滔，夜半载雨输[11]亭皋[12]。

旱禾秀发[13]埋牛尻[14]（kāo），豆死更苏肥荚毛。

倒持龙骨[15]挂屋敖[16]，买酒浇客[17]追前劳。

三年五谷贱如水，今见西成[18]复如此。

元丰圣人[19]与天通，千秋万岁与此同。

先生在野[20]固[21]不穷，击壤[22]至老歌元丰。

◎注释

①德逢：杨骥，字德逢，号湖阴先生，是王安石退居金陵时期的邻居。

②翛翛：形容草木枯萎的样子。

③坼：裂开，分裂，撕裂。

④龟兆：古人用龟甲占卜，灼龟甲所见的坼裂之纹称龟兆。

⑤草室：一作“茅屋”。

⑥沟：田间水道。

⑦车：指水车的意思。

⑧秋实：指秋后的收成。

⑨雷蟠：雷声轰鸣，充满天地。蟠：充满。

⑩电掣：形容电光闪耀。

⑪输：输入，运进的意思。

⑫亭皋：水边的平地。这里指平野的意思。司马相如《上林赋》：“亭皋千里，靡不被筑。”亭：平。皋：水旁高地。

⑬秀发：这里指谷物生长茂盛。《诗·大雅·生民》：“实发实秀。”

⑭ 尻：臀部。

⑮ 龙骨：这里表示水车的意思。

⑯ 屋敖：“敖屋”的倒文。敖：粮仓，后作“廒”。

⑰ 浇客：一作“饮客”。

⑱ 西成：指秋季收成。

⑲ 元丰圣人：指神宗皇帝。圣人：对帝王的尊称。

⑳ 在野：与“在朝”相对，这里指不做官。

㉑ 固：一作“故”。

㉒ 击壤：相传尧时，有老人击壤而歌曰：“日出而作，日入而息，凿井而饮，耕田而食，帝力于我何有哉！”后成为歌颂盛世太平的典故。壤：一种木制戏具，长尺四，阔三寸，其形如履。

◎译文

四周的山岭上枯萎的草木映着火红的太阳，
田地干裂得就像是龟甲烧灼后现出的吉兆。
湖阴先生此时安安静静地坐在他的茅屋里，
看着田间踏着水车的农民期盼秋天收成好。
忽然间雷声轰鸣、电光闪耀、乌云翻滚来，
夜半，暴雨如注，顷刻间田野里沟满壕平。
干旱的禾木很快长得把牛屁股都给埋没了，
枯死的豆苗重新复苏，长出肥肥的豆荚来。
再也用不到水车了，把它倒挂在粮仓顶上，
买来好酒好菜请客，补偿他们之前的辛劳。
连续几年大丰收，五谷的价钱贱如白开水，
看看今年的丰收景象，依然是和往年一样。
看来是神宗皇帝的政令跟天意是相通的啊，
但愿大宋江山千秋万岁万岁千秋都像元丰。
先生虽然是在野之人了，却不会遭遇贫穷，
到老了都会击壤来歌颂和唐尧一样的元丰！

◎创作背景

此诗作于宋神宗元丰四年(1081年),是写给金陵(今江苏南京)的邻居杨骥(字德逢)的。王安石曾称赞他“怜愍鸡豚非孟子，勤劳禾黍信周公”(见《示德逢》)，可见是一个勤劳善良的人。当时王安石所制订的新法在宋神宗的支持下，已经推行了十多年之久，并取得了比较显著的成绩，但是变法遭到了一些官僚士人的坚决抵制和激烈反对。王安石不断受到攻击,被迫在宋神宗熙宁九年(1076年)第二次辞去相位,退居到金陵闲居,但他仍心系朝廷,关心变法,讴歌宋神宗。据《宋史·安焘传》记载:“熙宁(1068年—1077年)、元丰(1078年—1085年)之间，中外府库，无不充衍。小邑所积钱米,亦不减二十万。”又据陆佃《陶山集·神宗皇帝实录叙录》称:“迨元丰间，年谷屡登，积粟塞上盖数千万石，而四方常平之钱不可胜计。余财羡泽，至今蒙利。”该诗就是对这一历史事实的艺术概括。

◎赏析

这首诗描绘了岁和年丰的盛世景象，歌颂了支持新法的神宗皇帝，表现了作者希望把新法坚定不移地推行下去的鲜明立场，因而与一般的歌功颂德之作有所不同。

“四山翛翛映赤日，田背坼如龟兆出”，写大旱田干，人情思雨。诗人以富于特征性的事物渲染了颇为严重的旱情。“翛翛”，这里写出了四山的草木在烈日炎炎之下稀疏萧条、毫无生气的景象。田底原先浸没于水中,水干以后,底面朝天,犹鱼鳖失水,露出背面一般。“龟兆”一词,含义双关。其一,“田背”曝晒既久,便裂如龟背上的纹理;其二是暗用《左传》“龟兆告吉”的典故,与下文写天从人愿、普降甘霖气脉相通。

“湖阴先生坐草室，看踏沟车望秋实”，这是从一个农家的角度写人们切盼时雨的情状。湖阴先生坐在草房里，看着脚踏水车的农夫，心里巴望着秋后的收成能够确保，但他并不知道区区水车，小小水沟，能给人以多少希望。虽然没有直说人们如何焦急不安，如何切盼时雨，但是焦急、切盼的心情已经跃然纸上了。

“雷蟠电掣云滔滔，夜半载雨输亭皋”，写大雨欲来之状，有无限声势。“雷蟠”写雷声遍及寰宇，惊天动地，到处轰鸣不已；“电掣”写电光倏起倏灭，犹如火龙穿天划空，往来翕忽；“云滔滔”写乌云如大海的波涛，汹涌而至，霎时布满天空。描写至此，大雨眼看就要倾盆而下，旱情可以解除。“载”字上承“云”字而来。既然雨是由滔滔之云运载的，则其滂沱之势可知。句中的“输”字具有强烈的主观感情。久旱得雨，人们总希望滴滴雨水都能下到田中，这种心情非“输”字不能表达；再说人们切盼时雨将至，仿佛天能体察民心。天上及时降雨，这在封建时代一般认为是政通人和的表现，着一“输”字，便见出新法之上得天时，下合民心，且与下文歌颂“元丰圣人与天通”，也有着内在的联系。

“旱禾秀发埋牛尻，豆死更苏肥荚毛”，诗人运用夸张的手法写雨后万物欣欣向荣的景象，渴禾得雨，拔节猛长，千里沃野，一片丰茂，致使牛行田中，不见其臀；豆苗原已濒临枯死，至此则统统复苏，肥硕的荚果，多如牛毛，湖阴先生先前的焦急与忧虑早已烟消云散。

“倒持龙骨挂屋敖，买酒浇客追前劳”，湖阴先生把水车倒挂在粮仓，买酒请客补偿先前的辛劳，生动地表现了他的欣喜心情。

“三年五谷贱如水，今见西成复如此”，民以食为天。连续三年的丰收，使谷贱如水，此时又是丰收在望，这就值得大书特书。这就是说，政治措施得当，能助成万物，赢得丰年。当时能连续丰收，是与施行新法有关的。均输法限制富商的聚敛，青苗法抑制豪强的兼并，农田水利法鼓励农民开荒筑堤，兴修水利。这一切或多或少提高了农民抗灾的能力，也在一定程度上刺激了农民的生产积极性。作者用《尧典》中的典故入诗，很自然地把年丰与政成联系起来，而且作者一直以尧舜期望宋神宗，宋神宗是知道这一点的。

“元丰圣人与天通，千秋万岁与此同”，正面歌颂支持新法的宋神宗，并致以良好的祝愿。“元丰圣人”，虽把宋神宗比作历史上的圣人，但是并不流于一般的颂圣俗套，而是有着深刻的历史背景。王安石不畏天命，但宋神宗却畏惧天变灾异，有时甚至因此而动摇了推行新法的决心。据《续资治通鉴长编》记载，宋神宗熙宁七年（1074 年）“上以久旱，忧见容色。每辅臣进见，未尝不叹息恳恻，欲尽罢保甲、方田等事”。反变法派利用神宗这一弱点，往往借灾异之事上书要求废止新法。王安石虽曾劝勉宋神宗说：“水旱常数，尧、汤所不免……当益修人事以应天灾，不足贻圣虑耳。”但宋神宗不能完全消除疑虑。恰好元丰时连年风雨顺节，庄稼丰收，王安石便借机赞颂天子施行新法与天心潜通，与天意相合。这对坚定神宗继续推行新法的决心，是有极其重要的作用的，体现了作者的良苦用心。

“先生在野固不穷，击壤至老歌元丰”，赞美新法给人民带来了幸福，因而人民将永远歌唱元丰朝的太平盛世。这两句中的用典极为灵活自然。孔子在陈绝粮，曾发过“君子固穷”（《论语·卫灵公》）的感慨。该诗却说：“先生在野固不穷。”由“固穷”到“固不穷”，一字之添，说明境遇完全改变，新法使人摆脱了穷困，即使孔子再世，也不会有“绝粮”之忧了。这是典故的反用。相传帝尧之世，天下太平，百姓无事，有八十岁的老人击壤而歌（见《帝王世纪》）。诗用“击壤至老歌元丰”结束全篇，隐隐然将该诗比作击壤之歌，也就是把元丰之世比作唐尧盛世。这是典故的借用。上文“龟兆”“亭皋”是典故的暗用。关于用典，王安石曾说：“若能自出己意，借事以相发明，情态毕出。则用事虽多，亦何所妨。”(《苕溪渔隐丛话后集》卷二十五引《蔡宽夫诗话》)该诗的用典，正好体现了他自己的艺术主张。

颂诗的艺术生命主要表现在两个方面：一是要真实。这首诗写元丰的丰乐景象基本上符合历史事实；二是要有进步的思想。该诗虽是歌颂元丰天子的，但其实际用意在于宣传新法的成效，以促使神宗继续施行新法。

◎轶闻异物录

击　壤

《辞源》释击壤为“古游戏名”，一般认为是古代的一种投掷类游戏，相传远在帝尧时代就已经出现，距今至少有四千年的历史，从“击壤”的字意分析，“击”是击打、投击之意；“壤”也不是什么特制物品，《辞海》说“壤，泥土的通称”。由此推断，当时的“击壤”是一种投击土块的游戏。至于后世改用木屐、砖块等物，则是击壤游戏用具的发展。

击壤源于原始时期人类的生产与生活。在远古时代的狩猎生产中，人类会用土块、石块、木棒投击猎物；在原始的部落战争中，这种投击也成为作战技能。为了投击得更准确，平时便要练习。后来，狩猎、作战工具得到改进，有了弹弓和弓箭，不再依靠土块、石块、木棒掷击野兽，这种投击练习便演变成了一种游戏。

不过，也有人认为击壤是一种宗教活动。认为击壤的源头可能是一种生产巫术，或是一种预测秋成的占卜形式。还有人更具体地指出，击壤最初是从事农耕的农人借以谢土报社的俗信活动，蕴含在游戏外表中的内核是对土地神的膜拜。以《高士传》的描述看，虽然没有直接言及亲土祭神之事，但“壤父”所唱歌辞与农事兴作饮食相关，并与击壤动作相配，应当是奉献土地神的祝颂。正如《诗经·小雅·甫田》中关于“琴瑟击鼓，以御田祖，以祈甘雨，以介我稷黍，以谷我士女”的描写一样，击壤和击鼓都用娱乐的方式祭奉土地，是一种动态的乐神行为。由于这种俗信活动所具有的欢愉气氛，决定它由娱神向娱人的方向转化，最终形成一种季节性游戏，并在传习过程中逐渐淡化掉俗信的成分。至迟从汉代开始，击壤活动在民间已十分流行。

三国时吴人盛彦曾在《击壤赋》中说："论众戏之为乐，独击壤之可娱，因风托势，罪一杀两。"从这里的"论众戏之为乐，独击壤之可娱"，可以推断击壤是当时人们闲暇游戏的第一活动。

书任村[1]马铺

儿童系马黄河曲[2]，近岸河流如可掬[3]（jū）。

任村炊米朝食鱼，日暮荥（xíng）阳[4]驿[5]（yì）中宿。

投老[6]经过身独在，当时洲渚[7]（zhǔ）今平陆。

秫[8]（shú）黍[9]（shǔ）冥冥十数家，仰视荒蹊[10]（xī）但[11]乔木。

冰盘[12]羹[13]（gēng）美客自知，起看白水[14]还东驰。

尔来[15]百口皆年少，归与何人共此悲。

◎注释

① 任村：一个村落的名称，河南荥阳附近某小村。

② 曲：幽深的意思。

③ 可掬：可以用手捧，形容情状明显。这里指水清到可以直接双手捧取来饮用。

④ 荥阳：古县名，今属河南。

⑤ 驿：驿站，这里指客舍的意思。

⑥ 投老：垂老，临老的意思。

⑦ 洲渚：水中沙洲。

⑧ 秫：俗称高粱，禾本科，高粱属，可以酿酒。

⑨ 黍：黄米。

⑩ 蹊：小路的意思。

⑪ 但：只见的意思。

⑫ 冰盘：形容洁净晶莹的食器。

⑬ 羹：中国传统食物，指五味调和的浓汤。一作“鲙”。

⑭ 白水：此处指黄河。

⑮ 尔来：近来的意思。

◎译文

儿童把马拴在黄河的一个转弯处，
靠近河岸边，双手捧取清水来喝。
早晨在任村用餐时吃了鲜美的鱼，
晚上到达荥阳驿站借宿休息一下。
老年时再经过此地只剩我一个人，
当年的水中沙洲现已变成了平野。
十多户人家种着密密的高粱黄米，
仰看荒落的小路如今已乔木参天。
美味的汤在餐盘中客人吃得舒心，
起身看黄河之水，依旧奔流不息。
从那时到现在身边的人都很年轻，
归去跟谁共同感受这深深的伤悲。

◎创作背景

这首诗作于宋仁宗嘉祐年间（1056 年—1063 年），具体创作时间待考，是诗人路经任村马铺，夜宿荥阳驿，因感其沧桑巨变，故作此诗。

◎赏析

这首诗描写了旅行所经之地沧海桑田的巨大变化，暗示故人已矣，不但自然界变化无端，人事也已今非昔比，由此引出诗人深沉的历史与人生感慨。

“儿童系马黄河曲，近岸河流如可掬。任村炊米朝食鱼，日暮荥阳驿中宿”，前四句写任村所见。任村在荥阳，地处黄河曲岸。此处已非黄河主流，未有大河滔滔，仅有细小河曲，缓缓而流，似可以手掬之。“炊米”“食鱼”，是写诗人在任村吃饭的场景，“驿中宿”写在驿站中借宿。此四句纪实，为下文抒情作引。

“投老经过身独在，当时洲渚今平陆。秫黍冥冥十数家，仰视荒蹊但乔木”，这里是对物是人非的感叹。记得当年路过荥阳之时，洲渚一片，暗潮自生。而今故地重游，鬓角已苍，却见黍离离，木萋萋，陆自平，当年洲渚，已无处可寻。皆物是人非，凄凄有感。今日人独在，物却非，叫作者何以为堪。《诗经》有云“高岸为谷，深谷为陵”，世事之变如斯之剧，作者这迟暮之人，独行此夜风之中，暗自伤神。展眼相望，欲寻旧日光景，却只有冥冥秫黍，摇曳风中；十数人家，稀稀而立。村路如是荒寂，唯有乔木高耸，全不解作者愁绪。古有黍离之悲,今有荒蹊之叹,柳宗元亦曾有诗云“黄叶覆溪桥，荒村惟古木”（见《秋晓行南谷经荒村》），或为诗人荒村古木之出处。

“冰盘羹美客自知，起看白水还东驰。尔来百口皆年少，归与何人共此悲”，最后又写回食宿之景，与前文相应。佳肴在案，玉食当前，然而诗人心中依旧凄怆，不得其味，故仅有客知而已。作者今日在此，人皆为客，与上文所云“身独在”又相呼应。诗人写客自知，水自驰，言下之意则是：这一切均与自己无关。尔来百口，皆是年轻少小之人，世事沧桑，“汝皆不晓，我心悲伤”，难与人倾诉衷肠。昔日韩愈有诗云“忆昨儿童随伯氏，南来今只一身存。目前百口还相逐，旧事无人可共论”（见《过始兴》），二诗感慨相同。

南宋著名诗人刘辰翁论这首诗“俯仰情景如见”,所谓“俯仰”即进退抑扬之意，是说此诗极具感染力和张力。

◎轶闻异物录

少年王安石

王安石聪明伶俐，记忆力超群，深得父亲喜爱。小小年纪，父亲就为其择师而学。据宜黄县《地方志》记载：王安石少年拜宜黄杜子野先生为师，“负箧拜师、闭门勤学”，在宜黄县城西北两公里处的仙岩山上的石窟内，常与先生“赏奇析疑”，有“秉烛达旦而过村借火”的故事在当地一直流传。少年王安石还在此留下一首“苦读天已晓，日高竟忘饥，早知灯是火，饭熟几多时”的五绝名篇，被人们传颂了千年。

父亲每调任一个新的地方，总是喜欢把这个儿子带在身边，让其增长见识。在随父亲到一些旅游胜地游玩时，王安石也不忘记填词赋诗，给父亲的脸上增光。由于跟随宦游各地，王安石接触到许多现实生活中的社会实情，深深体验到普通老百姓的疾苦，为其成年后立志改革打下了“以民为本”的为政基础。

就是这个字介甫，号半山的王安石，开创了北宋历史的先河，推行了轰轰烈烈的一场“大变革”运动，也为他赢得了北宋著名思想家、政治家、文学家、改革家的称号。同时，由于他的勤勉和敏慧，文章写得顶呱呱，被后人列入了“唐宋八大家”之列，成为名副其实的“政治大文豪”。

纯甫[1]出释惠崇[2]画要予作诗

画史[3]纷纷何足数，惠崇晚出吾最许[4]。

旱云六月涨[5]林莽，移我翛（xiāo）然[6]堕洲渚。

黄芦低摧雪翳土，凫雁静立将俦侣。

往时所历今在眼，沙平水澹西江浦[7]。

暮气沈舟暗鱼罟[8]（gǔ），欹（qī）眠呕轧[9]如闻橹（lǔ）。

颇疑道人[10]三昧力[11]，异域山川能断取。

方诸[12]承水调幻药，洒落生绡[13]（xiāo）变寒暑。

金坡[14]巨然[15]山数堵，粉墨空多真漫与[16]。

大梁崔白[17]亦善画，曾见桃花净初吐。

酒酣弄笔起春风，便恐漂零作红雨[18]。

流莺探枝婉欲语，蜜蜂掇蕊随翅股。

一时二子[19]皆绝艺，裘马穿羸[20]（léi）久羁旅。

华堂岂惜万黄金，苦道[21]今人不如古。

◎注释

① 纯甫：王安石的小弟弟，名安上。

② 惠崇：福建建阳人，北宋僧人，擅诗、画。

③ 画史：画家的意思。

④ 许：推崇的意思。

⑤ 涨：升起，弥漫。

⑥ 翛然：形容无拘无束、超脱或自由自在的样子。

⑦ 西江浦：指诗人自己的家乡江西。

⑧ 鱼罟：渔网。

⑨ 呕轧：象声词，摇橹声。此处指渔民的鼾声。

⑩ 道人：这里指僧人，即惠崇。

⑪ 三昧力：指神奇的法力。

⑫ 方诸：在月下盛露水的容器。

⑬ 生绡：未漂煮过的丝织品。古时多用以作画，因而亦指画卷。

⑭ 金坡：这里指翰林院。

⑮ 巨然：生卒年不详，江宁（江苏南京）人。北宋画家，僧人。

⑯ 漫与：随意。这里指巨然作画下笔多草草。

⑰ 崔白：字子西，濠梁（今安徽凤阳）人。善画花竹翎毛，体制清赡，熙宁时曾受命画垂拱殿御扆。

⑱ 红雨：这里是落花的意思。李贺《将进酒》："桃花乱落如红雨。"

⑲ 二子：指惠崇与崔白。

⑳ 裘马穿羸：衣服破旧，马匹瘦弱。

㉑ 苦道：硬说的意思。

◎译文

古往今来的知名画家已经多得数不胜数，
但令我最推许最尊敬的是后起之秀惠崇。
炎热的六月天中看见他苍莽的林木图景，
立刻把我带到了像潮水上涨的水中沙洲。
黄苇在风中低垂雪白的芦花将大地覆盖，
野鸭和大雁携同它们的伴侣静静地站立。
往日所经历的情景现在一一浮现在眼前，
静止的水波与岸平齐，仿佛是故乡西江。
夜色笼罩着渔舟，隐约可见张挂的渔网，
渔民们斜躺着发出鼾声，宛如柔橹轻鸣。
我真怀疑这位画僧得到了什么天机奥秘，
能把异地的山川河流截取到他的图画里。
他像是在承接露水的容器中调和着仙药，
洒落在画绢上而幻化成秋景驱除了暑气。

翰林院墙壁上有几幅南唐巨然画的山水，
虽画得很好但对比惠崇却少些真情实趣。
濠梁人崔白也是画坛上擅长绘画的高手，
曾经见他画出刚刚绽放的桃花洁净美丽。
仿佛是酒喝到了酣时一动笔就顿起春风，
又怕春风吹落桃花像空中飘下了桃花雨。
画幅上的流莺探出枝头似乎在宛然欲语，
蜜蜂采集花蕊，花粉沾满了翅翼和双腿。
惠崇与崔白驰名一时，二人都身怀绝艺，
可叹衣袍破旧坐骑瘦弱，长久漂泊羁旅。
豪贵们个个都不惜万金，希望求取图画，
但却硬说今人的画技远不如古人的神奇。

◎创作背景

这是一首题画诗，诗人对其同时代的画家惠崇的画很是推崇，在观赏其弟王纯甫收藏的惠崇山水画卷后，深受启迪，特写下这首赞美诗。具体创作年份待考。

王安石对同时代的画家惠崇十分同情，看到惠崇及并世的崔白虽怀绝艺，却贫寒一生，破裘瘦马，羁旅天涯，那些达官贵人不能识货，死抱着今不如古的旧观念不放，不肯花钱收购他们的画作。王安石借题发挥，对那些厚古薄今的保守势力进行了尖锐的批评。

◎赏析

这首诗通过对惠崇、崔白两位画家精湛技艺的描写，以及对他们二人皆身怀绝艺却穷愁潦倒的命运深致痛惜，借以讽刺那些并不是真正懂得艺术，却一味附庸风雅、厚古薄今的达官贵人。

“画史纷纷何足数，惠崇晚出吾最许”，开头两句，先给惠崇一个总的评价，突出惠崇在美术史上的地位和作者对他的景仰，然后再细写。

“旱云六月涨林莽，移我翛然堕洲渚。黄芦低摧雪翳土，凫雁静立将俦侣”，再次惊叹惠崇画的境界，为正面写画。六月树林里蒸腾起重重雾气，猛见到他的画，观画者如同忽然置身于洲渚，有身临其境之感。芦花被风吹落覆盖在平沙之上，黄、白色对比鲜明，上黄下白，色彩有层次。洲渚之上，又有成群的野鸭和大雁与它们的伴侣静立其间，俨然一幅平沙落雁图。以上所写，只是画的局部。

“往时所历今在眼，沙平水澹西江浦。暮气沈舟暗鱼罟，欹眠呕轧如闻橹”，又写出画的另一层。出色的绘画，唤起了诗人对昔日所经历过的景物的回忆，这里含有诗人欣赏画作时所引起的审美的艺术联想，同时说明画家的笔情墨意：在沙平水淡的江边，因暮霭沉沉，渔船和渔网都暗淡了，但依稀可见舟人渔子的身影。他们或倾斜而卧，或手摇樯橹，诗人好像能听到吱吱呀呀的声音。

“颇疑道人三昧力，异域山川能断取。方诸承水调幻药，洒落生绡变寒暑”，又换了一种手法赞美惠崇的画，借用幻境写画的艺术功力。“三昧”是佛家语，这里表示惠崇掌握了绘画的奥妙，达到了神明的境界。“异域山川能断取”，也是用佛典形容画技的高超。佛典中有所谓解脱菩萨断取三千大千世界，在掌中转动，如陶工转轮一样，以此比喻惠崇画山水，能将异域山川巧妙地搬到画中。后两句“调”“变”都是赞美惠崇在用笔着色方面的厉害之处：如同在盛露水的容器中调和了神妙的药水，洒落在画绢上，随物赋彩，触处成形，画出的景物逼真传神，能使寒暑易节。

“金坡巨然山数堵，粉墨空多真漫与。大梁崔白亦善画，曾见桃花净初吐。酒酣弄笔起春风，便恐漂零作红雨。流莺探枝婉欲语，蜜蜂掇蕊随翅股”，是用巨然、崔白两位画家衬托惠崇。惠崇之画与巨然所画之山，皆有远思，他人粉墨虽多，并无真趣高格，而得到世俗的漫然称许，不足为训。言外之意是说，真正应该称赞的是惠崇的画。随后是正面描写崔白的花鸟画精彩绝世，他笔下那初吐的桃花，净洁可爱，如同在酒酣之时画笔生了春风，把桃花忽然吹开了，但又担心春风吹落了桃花，出现“桃花乱落如红雨”（见李贺《李凭箜篌引》）的景象。这两句诗构思奇特，想象丰富。最后，十分传神地描绘了崔白花鸟画的精工细腻：流莺探出枝头，像要鸣叫似的；蜜蜂采掇花粉，翅膀和腿上沾满了点点花蕊，这是生动逼真而又非常精细的特写镜头。

“一时二子皆绝艺，裘马穿羸久羁旅。华堂岂惜万黄金，苦道今人不如古”，以感慨作收。“二子”指惠崇与崔白，他们是同时代人，又都身怀绝艺，但却穷愁潦倒，以致长久地漂泊江湖。实际上暗寓着对朝廷不知爱惜人才的不满。

整首诗语言直白，描写细腻，在立意和谋篇方面深受杜甫《丹青引》诗的影响，显示出诗人对艺术及艺术家的深刻理解，并能以生花妙笔，极力铺陈，变画为诗，使得惠崇之画若在面前，确实超凡脱俗，堪称神品。

◎轶闻异物录

诗画名僧惠崇

惠崇（965年—1017年），福建建阳人，一作淮南人。北宋僧人，擅诗、画。作为诗人，他专精五律，多写自然小景，忌用典、尚白描，力求精工莹洁，颇为欧阳修等大家称道；作为画家，他“工画鹅雁鹭鸶，尤工小景，善为寒汀远渚、潇洒虚旷之象，人所难到也”（北宋郭若虚语）。

北宋初年，有僧侣九人以诗著名，他们是：淮南惠崇、剑南希昼、金华保暹、南越文兆、天台行肇、沃州简长、贵城惟凤、江南宇昭、峨眉怀古，其中惠崇尤多佳句，为九僧之首。

九僧中，惠崇最杰出。他有《摘句图》一百联，为人传诵。他的《访杨云卿淮上别墅》，可为五律代表。

惠崇的画作，对后世影响深远，流传至今的却不多，如《沙汀烟树图》，乃国宝级藏品，现收藏于辽宁博物馆。《沙汀烟树图》为绢本设色，纵二十四厘米，横二十四点五厘米，原被清室收藏。辛亥革命后，住在紫禁城的清朝末代皇帝溥仪以赏赐的名义，让其弟溥杰将此图携出宫。后此画辗转入藏东北博物馆，即现在的辽宁省博物馆。此图描绘了江南水乡初春之景：春江水暖，潺潺流淌，引得许多水鸟嬉戏其中。画面左侧，水面之上，有两只水鸟比翼双飞，煞是动人。河岸边有水草摇曳，浮萍微动。两岸之上，沙汀平铺，绿树成荫。近处岸上，杨柳正吐新绿，枝繁叶茂，生机无限。对岸丛树茂密，烟霭笼罩，若隐若现，扑朔迷离。此图虽然描绘的是初春时万物复苏的情景，但空旷清逸、烟岚迷蒙的画境不免让人顿生伤春之感。

惠崇注重运用透视的绘画技艺，把秀丽山川艺术地取入画中，自成一格，脱俗不凡。他所作《秋浦双鸳图》，前景绘芦苇败荷，中景画鸳鸯一双栖于岸上，远景为岸际天空，全景给人一种秋天虚旷潇洒气氛，具有诗的意境，情景交融，洒落生姿。故他的画品，博得不少文人诗客的赞誉，争相题诗，趋攀风雅。宋代诗人兼书法家黄庭坚对惠崇小景倍加称许："惠崇笔下开生面，万里晴波向落晖。梅影横斜人不见，鸳鸯相对浴红衣。"

浣溪沙[1]·百亩中庭半是苔

百亩[2]中庭半是苔[3]，门前白道[4]水萦回。爱闲能有几人来？

小院回廊春寂寂，山桃溪杏[5]两三栽。为谁[6]零落为谁开？

◎注释

①浣溪沙：词牌名，唐教坊曲名，又名“浣沙溪”“小庭花”等。双调四十二字，五平韵。

②百亩：一百亩土地，这里形容庭园极大。语出唐刘禹锡《再游玄都观》：“百亩中庭半是苔，桃花净尽菜花开。”

③半是苔：一半长满了青苔。

④白道：洁白的小道。语出唐李商隐《无题》：“白道萦回入暮霞，斑骓嘶断七香车。”

⑤山桃溪杏：山中的桃，溪畔的杏。暗喻身处山水之中。

⑥为谁：出自唐严恽《落花》：“尽日问花花不语，为谁零落为谁开？”

◎译文

百亩大的一个庭院有一半长满了青青绿苔，门外沙子铺满了整条小路，还有蜿蜒的清泉潺潺地流。平日里没有几个人到这里来，我却喜爱这清静的生活。

春天来了，院子里曲曲折折的回廊异常安静。山上的桃花、溪边的杏树，三三两两种在了一起，也不知道它们是在为谁开放，又在为谁凋零？

◎创作背景

这首词是王安石二度受挫后归隐钟山，退居江宁，寓居半山园时所作。具体创作时间应在宋神宗熙宁九年（1076年）之后。

◎赏析

该词集他人成句，造自家意境，写出身居野外庭院的寂寞。词人以山上的桃花和溪边的杏树来比喻自己，字里行间流露出一种隐居山林后的寂寞和淡淡的凄凉，表达出词人晚年“人走茶凉”的寂寞之情。

“百亩中庭半是苔”，百亩大的庭院有一半是青苔，说明这里已经很久没人来了，也表明主人公心情不好无暇打扫干净，烦事扰身，从侧面表现出由从前的门庭若市变成现在的无人问津，显出几许苍凉和寂寞，营造了一种凄凉的氛围。

“门前白道水萦回”，门前的白沙道曲曲折折，和清清的溪流缠绕在一起。如此优美、清闲的环境，本能吸引很多人来访，但是并没有人来，可惜了如此美景。

“爱闲能有几人来”，喜欢悠闲，有空来的人没有几个。这是从正面描写凄清的场面，不禁让人感到惋惜，也从侧面说明主人公希望能有一两个知音懂得他此时的心情，希望他们能和自己分享这美景，可惜就是没有知音。

上阕中作者写到寓居的环境有宽敞的庭院、洁净的小路、盘旋的溪水，呈现出一种淡泊宁静的村野生活情景和凄清的氛围。

“小院回廊春寂寂，山桃溪杏两三栽”，小院和回廊在春天里都寂静无声，山坡上溪水边三三两两地栽着几棵桃树和杏树。春天这里本该非常热闹，但现在如此寂静，桃花和杏树都无人观，孤独地伫立在春天里。此句从侧面突显出这里的寂静和苍寥，衬托出环境的凄凉。

“为谁零落为谁开”，山里的桃花已经开放了，不知道它们是为谁开放，为谁凋零。再美又有什么用，没人来这儿欣赏啊。这小园风情景物，寓意颇深。一场惊天动地的“变法”失败了，其中酸苦，用“为谁零落为谁开”设问也十分贴切，这是词人以桃花杏花自喻，表达自己也像它们一样孤独，没有人问起，落寞之情溢于言表，反映出环境零落荒寂，令人唏嘘。

这首词以问句结束，启迪读者思考词外之意，深化了词的内涵，扩大了词的表现空间；同时，深刻地向我们展示了王安石晚年在山中的生活是如此孤独寂寞，虽然身处美景之中，却是孤身一人，没有知音。

◎轶闻异物录

诗豪刘禹锡

刘禹锡（772 年—842 年），字梦得，河南洛阳人，自称“家本荥上，籍占洛阳”，又自言系出中山，其祖先是中山靖王刘胜，唐朝文学家、哲学家，有“诗豪”之称，与柳宗元并称“刘柳”，与韦应物、白居易合称“三杰”，与白居易合称“刘白”。

贞元九年（793 年），刘禹锡进士及第，初在淮南节度使杜佑幕府中任记室，为杜佑所器重，后从杜佑入朝，任监察御史。贞元末，与柳宗元、陈谏、韩晔等结交于王叔文，形成了一个以王叔文为首的政治集团。后历任朗州司马、连州刺史、夔州刺史、和州刺史、主客郎中、礼部郎中、苏州刺史等职。会昌时，加检校礼部尚书。卒年七十，赠户部尚书。

刘禹锡诗文涉猎的题材极其广泛，著有《陋室铭》《竹枝词》《杨柳枝词》《乌衣巷》等名篇。哲学著作《天论》三篇，论述天的物质性，分析“天命论”产生的根源，具有唯物主义思想。有《刘梦得文集》《刘宾客集》存世。

桂枝香[①]·金陵[②]怀古

登临送目[③]，正故国[④]晚秋，天气初肃[⑤]。千里澄江似练[⑥]，翠峰如簇[⑦]。归帆去棹[⑧]（zhào）残阳里，背西风，酒旗斜矗[⑨]（chù）。彩舟云淡，星河鹭（lù）起[⑩]，画图难足[⑪]。

念往昔，繁华竞逐[⑫]，叹门外楼头[⑬]，悲恨相续[⑭]。千古凭高[⑮]对此，谩嗟（jiē）荣辱[⑯]。六朝[⑰]旧事随流水，但寒烟衰草凝绿。至今商女[⑱]，时时犹唱，后庭遗曲[⑲]。

◎注释

① 桂枝香：词牌名，又名“疏帘淡月”。

② 金陵：地方名，今江苏南京。

③ 登临送目：登山临水，举目望远。送目：望远。

④ 故国：这里指金陵。

⑤ 初肃：天气刚开始萧肃。肃：萎缩，肃杀，形容草木枯落，天气寒而高爽。

⑥ 千里澄江似练：形容长江像一匹长长的白绢。语出谢朓《晚登三山还望京邑》：“余霞散成绮，澄江静如练。”澄江：清澈的长江。练：白色的绢。

⑦ 如簇：这里指群峰好像丛聚在一起。簇：丛聚。

⑧ 归帆去棹：这里是往来船只的意思。棹：划船的一种工具，形似桨，也可引申为船。

⑨ 斜矗：斜插。矗：直立。

⑩ 星河鹭起：白鹭从水中沙洲上飞起。长江中有白鹭洲（在今南京水西门外）。星河：原是银河的意思，这里指长江。

⑪ 画图难足：用图画也难以完美地表现它。

⑫ 繁华竞逐：六朝的达官贵人争着过豪华的生活。竞逐：竞相仿效追逐。

⑬ 门外楼头：指南朝陈亡国惨剧。语出杜牧《台城曲》：“门外韩擒虎，楼头张丽华。”韩擒虎是隋朝开国大将，他已带兵来到金陵朱雀门（南门）外，而陈后主还在与他的宠妃张丽华于结绮阁上寻欢作乐。

⑭ 悲恨相续：指亡国悲剧连续发生。

⑮ 凭高：指登临高处，这是说作者登上高处远望。

⑯ 漫嗟荣辱：空叹什么荣耀耻辱。

⑰ 六朝：指三国吴、东晋及南朝宋、齐、梁、陈六个朝代。它们都建都金陵。

⑱ 商女：歌女。

⑲ 后庭遗曲：指歌曲《玉树后庭花》，传为陈后主所作。杜牧《泊秦淮》：“商女不知亡国恨，隔江犹唱后庭花。”后人认为是亡国之音。

◎译文

登上高楼凭栏极目，金陵的景象正是一派清秋的晚景，天气刚刚开始萧肃。千里奔流的长江澄澈得好像一条白练，青翠的山峰俊伟峭拔犹如一束束的箭镞。江上的小船张满了帆在夕阳中来回穿梭，酒旗迎着西风在街道上飘扬。华丽的画船出没在淡云深处，江中洲上的白鹭时而停歇时而飞起，这清丽的景色就是用最美的图画也难把它表现。

回想往昔，无休止地互相竞逐奢华淫逸的生活，感叹在朱雀门外结绮阁楼，六朝君主一个个地相继败亡。千古以来凭栏遥望，映入眼帘的景色就是如此，可不要感慨历史上的得失荣辱。六朝的风云变化全都随着流水消逝，只有那郊外的寒冷烟雾和衰萎的野草还凝聚着一片苍绿。直到如今的商女，还不知亡国的悲恨，时时放声歌唱《后庭》遗曲。

◎创作背景

宋英宗治平四年（1067 年），王安石第一次任江宁（今江苏南京）知府时，有不少咏史吊古之作，此词可能是作于当时。另一种说法是，此词大约作于宋神宗熙宁九年（1076 年）王安石第二次被罢相，出知江宁府时。

◎赏析

此词通过对金陵景物的赞美和历史兴亡的感喟，寄托了作者对当时朝政的担忧和对国家政治大事的关心。

上阕写金陵之景。

“登临送目”，四字领起，表明以下所写为登高所见，拓出一个高远的视野。

“正故国晚秋，天气初肃”，点明了地点和季节。“正”“初”“肃”三个字逐步将其主旨点醒。因为是六朝故都，乃称“故国”，“晚秋”与下句“初肃”相对应，瑟瑟秋风，万物凋零，呈现出一种“悲秋”的氛围。为下阕的怀古所描述的遥远时间作铺垫。

“千里澄江似练，翠峰如簇”，映入眼帘的是晚秋季节特有的白练般清澈的江水和连绵不断翠绿的山峰。“千里”二字，上承首句“登临送目”——登高远望即可纵目千里；下启“澄江似练，翠峰如簇”的全景描写，景象开阔高远。“澄江似练”在此与“翠峰如簇”相对，不仅在语词上对仗严谨、工整，构图上还以曲线绵延与散点铺展相映成趣。既有平面的铺展，又有立体的呈现，一幅金陵锦绣江山图展现眼前。

“归帆去棹残阳里，背西风，酒旗斜矗”，是大背景下对景物的描写。“残阳”“西风”，点出时下是黄昏时节，具有典型的秋日景物特点。“酒旗”“归帆”暗写在秋日黄昏里来来往往的行旅，人事匆匆，由纯自然的景物写到人的活动，画面顿时生动起来。一个“背”字，一个“矗”字，用得极妙，把江边景致写得栩栩如生，似有生命在其中。

“彩舟云淡，星河鹭起，画图难足”，不仅把整幅金陵秋景图展现得活灵活现，而且进一步开拓观察的视野。“彩舟”“星河”，色彩对比鲜明，表明远在天际的船罩上了一层薄雾，水上的白鹭纷纷从银河上惊起。“云淡”“鹭起”，动静相生，描绘出在广漠的空间上，随着征帆渐渐远去，水天已融为一体，分不清哪里是水哪里是天，而眼前所见，美不胜收，难以尽述。“画图难足”，是对上阕的总结。

下阕写怀古之情。

“念往昔”，承“登临送目”，由登临所见自然过渡到登临所想。

“繁华竞逐”，涵盖千古兴亡的故事，揭露了金陵繁华表面掩盖着纸醉金迷的生活。

“叹门外楼头，悲恨相续”，接着一声叹息，运用典化手法，再现当时隋兵已临城下，陈后主居然对国事置若罔闻，在危难之际还在和妃子们寻欢作乐的可悲。这是亡国的悲剧艺术缩影，嘲讽中深含叹惋。

“悲恨相续”，是指其后的统治阶级不以此为鉴，挥霍无度，沉溺酒色，江南各朝，覆亡相继：遗恨之余，嗟叹不已。

“千古凭高对此，谩嗟荣辱”，千百年来，人们只是枉自嗟叹六朝的兴亡故事。但空叹兴亡，又有何益？词人在这里表现了政治家深邃的思想和雄伟的气概。不仅批判了六朝亡国之君的荒淫误国，也批判了吊古者的空叹兴亡。

“六朝旧事随流水，但寒烟衰草凝绿”，化用窦巩《南游感兴》“伤心欲问前朝事，惟见江流去不回。日暮东风春草绿，鹧鸪飞上越王台”之意，借“寒烟衰草”寄惆怅心情。去的毕竟去了，六朝旧事随着流水一样消逝，如今除了眼前的一些衰飒的自然景象，更不能再见到什么。

“至今商女，时时犹唱，后庭遗曲”，融合了杜牧《泊秦淮》中“商女不知亡国恨，隔江犹唱后庭花”的诗意。此句抒发了词人深沉的感慨：不是商女忘记了亡国之恨，是统治者的醉生梦死，才使亡国的靡靡之音充斥在金陵的市井之上。

本词以壮丽的山河为背景，历述古今盛衰之感，立意高远，笔力峭劲，体气刚健，豪气逼人。多处化用前人诗句，不着痕迹，显示了作者深厚的功底。

◎轶闻异物录

陈后主陈叔宝

陈后主陈叔宝（553 年—604 年），字元秀，小名黄奴，吴兴长城（今浙江长兴）人。南朝最后一位皇帝（582 年—589 年在位），陈宣帝陈顼嫡长子，母为皇后柳敬言。

陈朝天康元年（566 年），授宁远将军，迁太子中庶子、侍中。陈宣帝太建元年（569 年），被立为皇太子。陈宣帝太建十四年（582 年）即皇帝位。他在位期间，荒废朝政，耽于酒色，醉心诗文和音乐。陈朝祯明三年（589 年），隋军大举南下，攻破广陵、京口和都城建康，陈朝灭亡。陈叔宝被掳至长安，受封长城县公。隋文帝杨坚赐予宅邸，礼遇甚厚，但他仍旧沉湎酒色，醉生梦死。

隋朝仁寿四年（604 年），陈叔宝病死于洛阳，终年五十二岁，追赠大将军，谥号炀，葬于洛阳邙山。

千秋岁引[①]·秋景

别馆[②]寒砧[③](zhēn),孤城画角[④],一派秋声入寥廓[⑤](liáo kuò)。东归燕从海上去,南来雁向沙头落。楚台风[⑥],庾(yǔ)楼月[⑦],宛如昨。

无奈被些名利缚,无奈被他情[⑧]担阁[⑨]!可惜风流总闲却!当初漫[⑩]留华表语[⑪],而今误我秦楼约[⑫]。梦阑[⑬](lán)时,酒醒后,思量着。

◎注释

① 千秋岁引:词牌名,为“千秋岁”变格。八十二字,前片四仄韵,后片五仄韵。

② 别馆:这里是客馆的意思。

③ 砧:捣衣石。这里指捣衣的声音。

④ 画角:古代乐器名。

⑤ 寥廓:辽阔的天空。

⑥ 楚台风:楚襄王兰台上的风。宋玉《风赋》:“楚王游于兰台,有风飒至,王乃披襟以当之曰:‘快哉此风!’”

⑦ 庾楼月:庾亮南楼上的月。《世说新语》:“晋庾亮在武昌,与诸佐吏殷浩之徒乘夜月共上南楼,据胡床咏谑。”

⑧ 他情:暗指皇上的恩情。

⑨ 担阁:延误的意思。

⑩ 漫:徒然,白白地。

⑪ 华表语:指向皇上进谏的奏章。华表:又名诽谤木,立于殿堂前。

⑫ 秦楼约:指与恋人的约会。秦楼:代指女子居住处。

⑬ 梦阑:这里是梦醒的意思。阑:残,尽。

◎译文

寒冷的旅馆传来捣衣的声音，悲鸣的画角响彻孤耸的城郭，一派秋声散入在广阔的天地间。东归的燕儿从海上飞去，南来的大雁向沙头降落。这儿有楚王携宋玉游兰台时感受到的惬意的凉风，有庾亮与殷浩之辈在南楼吟咏戏谑时的大好月色，眼前的景物还是与当年一样啊。

无奈我被那微不足道的名利所羁缚，又被那难以割舍的感情所耽搁。可惜那些风流美景被丢弃一边。当初徒然许下功成身退时，要去求仙访道、潇洒度日的诺言。到如今，反误了我与佳人的秦楼约会。梦回酒醒后，总要深深地思索。

◎创作背景

此词具体创作时间有待考证，但从词的情调来看，应该是作于宋神宗熙宁九年（1076年）之后，为王安石推行新法失败、退居金陵后的晚年作品。

◎赏析

这首词上阕通过写秋天寥廓，秋声悲切，秋鸟分开，秋风寒冷，秋月凄凉，一派悲秋景象，抒发了久客异乡、思盼归家但又身不由己的思绪；下阕通过名缰利锁缚人手脚、世情俗态耽搁自在生活的描写，表达了词人被功名利禄所缚、失去自由随心生活的无奈，有对生活的顿悟及对宦游生活的追悔之意。

上阕以写景为主，像是一篇凄清哀婉的秋声赋，又像是一幅岑寂冷峻的秋光图。

“别馆寒砧”，旅舍客馆本已令羁身异乡的客子心中抑郁，而砧上的捣衣之声表明天气渐寒，已是“寒衣处处催刀尺”的时分了。古人有秋夜捣衣、远寄边人的习俗，因而寒砧上的捣衣之声便成了离愁别恨的象征。

“孤城画角”，以城头画角声来状秋声萧条。画角是古代军中的乐器，其音哀厉清越，高亢动人，常作为诗人笔下悲凉之声出现。

“出现一派秋声入寥廓”，以极凝练的笔墨绘写秋声，而且纯然是人为的声响，并非是单纯的自然声气。“一派”本应修饰秋色、秋景，而借以形容秋声，正道出了秋声的悠远绵长，写出了空间的广度，“入廖廓”的“入”字更将无形的声音写活了。

“东归燕从海上去，南来雁向沙头落”，主要写所见之景。燕子东归，大雁南飞，都是秋日寻常景物，而燕子飞往那苍茫的海上，大雁落向这平坦的沙洲，都有久别返家的寓意，自然激起了词人身不由己的思绪。

“楚台风”和“庾楼月”用典，以清风明月指昔日游赏之乐。

“宛如昨”三字表明对于往日的欢情与佳景未尝一刻忘怀。

下阕写景抒怀。

“无奈被些名利缚，无奈被他情担阁！可惜风流总闲却”，无奈名缰利锁，缚人手脚；世情俗态，耽搁了自在的生活。风流之事可惜总被抛在一边。

“当初漫留华表语，而今误我秦楼约”，当初与心上之人海誓山盟，密约私诺，却终于辜负红颜，未能兑现当时的期约。“华表语”用了《搜神后记》中的故事,这里的“华表语”指“去家来归”云云。关于“秦楼”,汉乐府《陌上桑》中说：“日出东南隅，照我秦氏楼。”秦氏楼即为美貌坚贞的女子罗敷的居处。李白的《忆秦娥》中说“箫声咽,秦娥梦断秦楼月”,也以秦楼为思妇伤别之处。这里王安石表面上写的是思念昔日欢会，空负情人期约，其实是借以抒发自己对政治的厌倦之情，对无羁无绊生活的留恋与向往。

“梦阑时，酒醒后，思量着”，说梦回酒醒的时候，每每思量此情此景。梦和酒，令人浑浑噩噩，暂时忘却了心头的烦乱，然而梦终究要做完，酒也有醒时。一旦梦回酒醒，那忧思离恨便更深地噬人心胸。这里的梦和酒已不单纯指现实的梦和酒。人生本是一场大梦，《庄子·齐物论》说只有从梦中醒来的人才知道原先是梦。而世情混沌，众人皆醉，只有备受艰苦如屈原才自知独醒。因而，此处的“梦阑酒醒”正可视为作者历尽沧桑后的憣然醒悟。

作为一代风云人物的政治家，王安石并未摆脱旧时知识分子的矛盾心理，在兼济天下与独善其身两者中间徘徊。他一面以雄才大略、执拗果断著称于史册；另一面，在激烈的政治漩涡中的他也时时泛起急流勇退、功名误身的感慨。这首小词便是他后一方面思想的表露。

◎轶闻异物录

华　表

华表是一种中国古代传统建筑形式，即是立于古代宫殿、陵墓等大型建筑物前面作装饰用的巨大石柱，以一种望柱的形式出现，富有深厚的中国传统文化内涵，散发出中国传统文化的精神、气质、神韵。

相传华表是部落时代的一种图腾标志，古称桓表，不过一般认为，华表初源于尧时立木牌于交通要道，供人书写谏言，针砭时弊。远古的华表皆为木制，东汉时期开始使用石柱作华表，华表的作用已经消失了，成为竖立在宫殿、桥梁、陵墓等前面的大柱。后世的华表通常由汉白玉雕成，其底座呈方形，是莲花座或须弥座，上面雕刻有龙的图案；柱身往往雕刻一只蟠龙盘旋而上，并饰有流云纹；上端横插一云板，称为诽谤木；石柱顶上有一承露盘，呈圆形，对应天圆地方；上面的蹲兽为传说中的神兽朝天犼，或称为望天犼。

那时，人们在交通要道设立一个木柱，作为识别道路的标志，后来的邮亭、传舍也用它做标识，它的名字叫“桓木”或“表木”，后来统称为“桓木”，因为古代的“桓”与“华”音相近，所以慢慢读成了“华表”。

在这根木柱上，行人可以刻写意见，因此它又叫“谤木”或“诽谤木”。“诽谤”一词在古代是议论是非的意思，也就是现代的提意见，所以它又具有现代“意见箱”的作用。

南乡子[①]·自古帝王州[②]

自古帝王州。郁郁葱葱[③]佳气[④]浮。四百年[⑤]来成一梦，堪愁。晋代衣冠[⑥]成古丘[⑦]。

绕水恣（zì）行游[⑧]。上尽层城更[⑨]上楼。往事悠悠[⑩]君莫问，回头[⑪]。槛[⑫]外长江空自流。

◎注释

①南乡子：词牌名，原唐教坊曲名，双调五十六字，上下片各四平韵，一韵到底。

②帝王州：这里指金陵，今江苏省南京市。

③郁郁葱葱：形容草木苍翠茂盛的样子。

④佳气：这里指产生帝王的一种气韵，是一种迷信的说法。

⑤四百年：这里指金陵作为东吴、东晋、宋、齐、梁、陈六个王朝的都城，共三百六十七年，四百年是举约数。

⑥冠：专门供贵族戴的帽子，后引申为世族、绅士。

⑦古丘：这里是坟墓的意思。

⑧恣行游：尽情地绕着江边闲行游赏。恣：任意地、自由自在地。

⑨更：再，又，不止一次地。

⑩悠悠：长久，遥远的样子。

⑪回头：这里指透彻醒悟的意思。佛家语“苦海无边,回头是岸”。

⑫槛：栏杆。

◎译文

历来帝王在金陵这个地方建都，这儿树木苍翠茂盛，山环水绕，佳气上浮。可是，四百年来的历史像梦一样逝去，真是可惜。那晋代的帝王将相，早已是一抔黄土，被历史遗弃。

绕着江边尽情地闲行游赏，登上一座城，再上一层楼，往事悠久，早已不值一问，不如早回头。往事如烟，就像栏杆外的长江水独自向东流去。

◎创作背景

宋仁宗嘉祐四年（1059年）春夏之交，王安石进京述职时，向宋仁宗呈递了他的第一份改革提案——万言书:《上仁宗皇帝言事书》，宋仁宗没有采纳。嘉祐六年（1061年）王安石再上他的第二份改革提案《上时政疏》，宋仁宗依然没有采纳。这对王安石打击很大。恰好，宋仁宗嘉祐八年（1063年），王安石生母吴氏病逝。王安石索性以母亲病逝需“丁忧”为由，辞官回江宁（今江苏省南京市），专心为母守丧。

宋英宗治平元年（1064年），英宗赵曙亲政后，诏王安石赴京任职，王安石依然借口为母守丧，留在江宁，直至宋英宗治平四年（1067年）正月，英宗病逝，宋神宗即位后不久，起用王安石为江宁知府，王安石都居于江宁。所以，这首词应写于宋英宗治平元年至宋英宗治平四年（1064年—1067年）间，即在变法之前，王安石居于江宁期间。

◎赏析

这首词通过将一片郁郁葱葱的王气正盛之地与四百年后的古墓荒丘作对比，突出了眼前情境的荒凉，抒发了昔盛今衰的愁情。

“自古帝王州”，指金陵城自古以来便是帝王之州。

“郁郁葱葱佳气浮”，描写这里昔日的盛景，是一片郁郁葱葱的王气正盛之地，佳气上浮。“佳气浮”对应“自古帝王州”，“帝”就是龙的象征，所以这是一块祥福之地。

“四百年来成一梦，堪愁”，东吴、东晋、宋、齐、梁、陈六个朝代在金陵建都，加起来差不多四百年之久，但这么久远的历史却像梦一样消逝，怎能不让人感慨、唏嘘呢。

“晋代衣冠成古丘”，晋朝早已被人们遗忘在历史中，已经成为一座座古墓了，表达了昔盛今衰的怅然之情。

词人将自己的理想寄托在过去的时代里，这是诗歌中常用的写法，借此来表明自己对现实的不满，同时使诗歌具有一种“高古”的气象。

“绕水恣行游”，作者独自一个人绕着江水边上行游，然后登上高楼。“绕水游”是排遣心中的愁绪或不平事的一种办法，在这里，作者借这种典型的动作来表现内心的无边愁绪。好在这种“绕水游”并不受外在任何事物的限制，可以“恣行”，随意地到处走走。但是，这是一种多么无奈的自由啊，作者所追求的，是推行新法，实现强国富民的愿望，而现在，只能是“绕水游”而已，慨叹之声，达于纸上。

“上尽层城更上楼”，以一个上楼的动作，来赋予忧心国事之愁情。“更上楼”，不是上到楼的顶端再往上走，而是不断地一次又一次地登楼。“上层楼”含有中国古代“登高怀远”和“登高而愁”的文化。

“往事悠悠君莫问，回头”，往事悠悠而去了，你不要问我在想些什么，不如早回头。

“槛外长江空自流”，只能看见窗外的长江，在日夜不息地向东流去。作者在这里别有怀抱：既可以理解为，历史是无情的，就像东流之水，一直向前，或许人类所做的一切只是这水的片刻停留，没有太大的意义；也可以理解为，不论目前我的遭遇如何，但我所做的一切，都如长江水一般，是一种永恒的存在；或者联系王勃《滕王阁诗》中“阁中帝子今何在”的反问，问当今的皇帝“今何在”，表达自己期待着重回朝廷的愿望。

这首小词充分体现了王安石词的艺术特点。王安石以诗文大家著称，词作不多，但风格高峻，能“一洗五代习”（见刘熙载《艺概》)。他在开拓词的题材和以诗入词这两个方面给后人以影响。王安石以诗入词，不仅在于让词具有与诗同样言志咏怀的内容，而且在词的创作上也借鉴了诗的某些方法，即以这首《南乡子》而言，其吊古咏怀的内容就是王安石诗中常见的题材,也是王安石诗中常用的手法。由此可见，王安石的词在宋词发展史上也占据着一席地位。

◎轶闻异物录

冠

冠，是汉语词汇，指专门供贵族戴的帽子。在我国古代，人们把系在头上的装饰物称为“头衣”，主要有：冠、冕、弁、帻四种。

冠也可以指戴帽子；古代男子到成年则举行加冠礼，叫作冠，一般在二十岁。

起初，发冠只是用以包裹发髻，人们戴发冠只是为了生活方便，同时也有一定的美观装饰作用，至于发冠的样式则没有什么具体的规定。大约在商朝,开始出现冠服制度。到了汉代,衣冠制度又被重新制定，冠的种类非常多，通过冠帽就可以区分出一个人的官职、身份和等级，或通过不同的冠帽来表达不同场合的礼节和仪式。汉代主要的冠帽有冕冠、通天冠、长冠、进贤冠、武冠和法冠，等等。不同身份、不同场合所戴冠帽有严格规定，帝王在参加祭祀大典的时候要戴冕冠；在朝会和宴会上,帝王一般戴通天冠；长冠是参加祭祀时官员所戴的冠帽；武冠是各级武职人员在朝会时所戴的礼冠；进贤冠则专门为文官和儒士所佩戴。

菩萨蛮[1]·数间茅屋闲临水

数间茅屋闲[2]临水。窄袖短帽[3]垂杨里。花是去年红，吹开一夜风[4]。

梢梢[5]（shāo）新月[6]偃[7]（yǎn）。午醉醒来晚。何物最关情[8]，黄鹂三两声[9]。

◎注释

①菩萨蛮：本唐教坊曲，后用为词牌，也用作曲牌。亦作"菩萨鬘"，又名"子夜歌""重叠金""花间意""梅花句""花溪碧""晚云烘日"等。双调小令，以五七言组成，四十四字。

②闲：悠闲，闲适的意思。

③窄袖短帽：这里指便装衣帽的意思。一作"轻衫短帽"。

④花是去年红，吹开一夜风：一作"今日是何朝，看余度石桥"。

⑤梢梢：风声，这里是树梢的意思。

⑥新月：农历月初形状如钩的月亮。

⑦偃：卧，睡倒的意思。

⑧关情：使人动情。关：牵动，动心。

⑨三两声：一作"一两声"。

◎译文

几间茅草屋悠闲地面临着水面，我穿着窄小的衣衫戴着短小的帽子徜徉在那垂杨的树丛里边。要说花朵还是去年开得最鲜红，那可是一夜之间春风把它吹开了，它怎能不红艳艳。

可是今夜的新月在那树梢上仰卧着，中午喝醉醒来已是晚上。什么东西最关系到人的感情，想去想来还是那深藏在树丛里面黄鹂鸟叫唤的两三声。

◎创作背景

宋黄庭坚《菩萨蛮·半烟半雨溪桥畔》小序记曰:“王荆公新筑草堂于半山,引八功德水作小港,其上垒石作桥,为集句云。”由此可以看出,该词应作于词人晚年罢相后隐居在江宁(今南京)钟山半山园时期。创作时间应在晚年,宋神宗熙宁十年(1077年)后。

此外,该词是一首集句词,即全用前人诗句杂缀成词,使之如出己口,创造出自己心中的意境,为自己表情达意服务,并通过精心组合安排,使之浑然无迹,如同己作。

◎赏析

这首词通过描写词人目前的生活环境与身份及对花事依旧、人事已非的感慨,表现作者远离仕宦喧嚣的闲情逸趣,其实这只是一种故作放达的情怀。

“数间茅屋闲临水。窄衫短帽垂杨里”,写作者目前的生活环境与身份。往昔重楼飞檐、雕栏画栋的官宦居处换成了筑篱为墙、结草作舍的水边茅屋;如今窄衫短帽的闲人装束取代了过去的冠带蟒服。作者从九重宸阙的丹墀前来到了水边桥畔的垂杨里。对于这种遭际的变化,词人采取一种安然自适的态度。一个“闲”字渲染出淡泊宁静的生活环境,也点出了作者摆脱官海远离风尘的村野情趣。虽然是从前人诗句中摘录而成,但指事类情,贴切自然,不啻如出己口。

“花是去年红,吹开一夜风”,一夕春风来,吹开万紫千红,风光正似去年。但是“年年岁岁花相似,岁岁年年人不同”,参照唐人的原句“发从今日白,花是去年红”(见殷益《看牡丹》),不难觉得作者也有与前人相同的感慨。但是,作为一个曾经励志改革的政治家,他对花事依旧、人事已非的感慨,就不仅仅是时光流逝、老之将至的叹息,更包含着他壮志未酬的忧愁。

“梢梢新月偃。午醉醒来晚”，词人醉酒昼寝，再不必随班上朝参与政事，生活是如此闲逸，但是，酒醒梦回，陪伴他的并不是清风明月，而是风吹云走、月色朦胧的昏沉夜色。如果将“新月偃”这一富于象征意味的景象联系当时新法废除，新派落职，宋哲宗年幼不能理事，太皇太后高氏听政起用旧党的政治局而，则作者是用比兴的手法寓示对国家政局的关怀。

“何物最关情，黄鹂三两声”，最后两句也是归结到闲情上，词人自问自答，写得含蓄而余韵悠长。据冯贽《云仙杂记》引《高隐外书》云：“戴颐携黄柑斗酒，人问何之，曰：‘往听黄鹂声。此俗耳针砭，涛肠鼓吹，汝知之乎？’”可见词人的寄情黄鹂，不仅要表现鸟语花香中的闲情逸趣，更是显示自己孤介傲岸、超尘拔俗的耿直人格。

素洁平易而又含蓄深沉是这首词的基本特色，虽是集句，也体现了王安石词“一洗五代旧习”（见刘熙载《艺概》）的创作个性，即在安逸恬淡的生活情景中寄寓着政治家的襟怀心志，在娴雅流丽的风调里显示着改革家的才情骨力。

但是，这首词最值得称道的是集诗句为词这一艺术形式，这是王安石提倡的艺术创作思想，而唐人丰富的诗歌遗产，则成了王安石现成的词句，除了第三句取自唐人殷益的《看牡丹》外，其余亦多出自唐诗，第一句用的是刘禹锡《送曹璩归越中旧隐诗》：“数间茅屋闲临水，一盏秋灯夜读书。”第五句的出处是韩愈的《南溪始泛》：“点点暮雨飘，梢梢新月偃。”第六句来自方棫的诗（失题）：“午醉醒来晚，无人梦自惊。”如此信手拈来，随意驱策，使之协律入乐，变诗为词，确实体现了作者学富才高的创作功力。

集句词

宋词的创作，在按谱填词的前提下，经过词人的探索，产生了和韵、集句、隐括等创作方法。

所谓“集句”，是指集辑前人的诗文成句以融汇成篇的一种作词方法。用这种方法所作的词叫作集句词，它是一种特殊的词体。由于集句的要求是一首词全部使用前人诗句而不添减一字，所以，虽然有集经、史、文句入词者，但是，因谱调限制，难以做到没有出入，所以大多数是集近体诗句而成新词。

“集句”的历史可以追溯到很久以前，首先是从诗歌创作开始的。现存最早的完整集句诗始于西晋，傅咸的《七经诗》标志着集句体的初步形成，在诗词集句史上享有开创之名。从晋代一直到宋初，则出现长时期的空白。集句之名是宋人正式提出的，集句的创作方法则盛行于宋神宗元丰年间。宋蔡絛《西清诗话》明确指出：“集句自国初有之，未盛也。至石曼卿人物开敏，以文为戏，然后大著。……至元丰间，王荆公益工于此。人言起荆公，非也。”由此可见，王安石是集句的提倡者。

王安石是我国文学史上第一个大量创作集句诗词的作家，也代表了宋代集句艺术的最高水平。在王安石的影响下，集句诗词得以空前发展，俨然成为一时风尚。至南宋后，出现专集一家之诗（见文天祥《集杜诗》）的情况，并开始出现别录成集的现象。

集句作为一种文学现象，在宋代经久不衰，是因为集句能够满足人们的一种特殊的审美需要。用集句方法作词，既是宋人“以诗为词”的创作倾向和创作特点的体现，也是元祐学术影响词坛的结果。

宋代词人多数兼具学者品格，他们不但自身博览群书，学富五车，著述丰硕，而且非常注重学养对创作的作用，常常于论文谈艺时提倡多读多诵前人作品，但是，集句词的创作与翻书觅句不同，不是临时性地从古人书中左抄右取，而是熟读默诵千万首之后，含英咀华，深叩其意，然后才能在创作时信手拈来，天然淡泊，左右逢源，用古人诗句来表达自己的情感，似从自家心中、口中流出一般。所以，优秀的集句之作往往是借他人的酒杯，来浇自己的块垒。

渔家傲[①]·平岸小桥千嶂抱

平岸小桥千嶂抱，柔蓝[②]一水萦[③]花草。茅屋数间窗窈窕[④]，尘不到。时时自有春风扫。

午枕觉来闻语鸟，欹（qī）眠[⑤]似听朝鸡早。忽忆故人今总老，贪梦好。茫然忘了邯郸道[⑥]。

◎注释

①渔家傲：词牌名。《词谱》卷十四云："此调始自晏殊，因词有'神仙一曲渔家傲'句，取以为名。"

②柔蓝：柔和的蓝色，多形容水。

③萦：回旋缠绕。

④窈窕：本意是指心灵仪表兼美的女子。这里是指幽深的样子。

⑤欹眠：斜着身子睡觉。袁文《瓮牖闲评》卷五："朝鸡者，鸣得绝早，盖以警入朝之人，故谓之朝鸡。"

⑥邯郸道：比喻求取功名之道路，亦指仕途。

◎译文

峰峦叠嶂，环抱着小桥流水；河水青碧，环绕着繁花翠草。竹林幽深秀美，几间茅舍静立其中。和煦的春风时时吹拂，使得房屋清洁，纤尘皆无。

午睡醒来，满耳都是婉转的鸟鸣。斜倚枕头，想起当年做官时，听早朝的鸡鸣，此情景已恍如隔世。忽然想起故人都已老去，自己当然也不例外。如今我贪恋闲适，已忘却了从政建功的美梦。

◎创作背景

这是王安石晚年的作品。王安石二次罢相隐居金陵以后，心境渐渐平淡下来。叶梦得《避暑录话》记载："王荆公不爱静坐，非卧即行。晚卜居钟山谢公墩，畜一驴，每食罢，必日一至钟山，纵步山间,倦则即定林而睡,往往至日昃及归。”这种旷日的游历体察，引发词人创作了不少描写水光山色的景物词。此词即其中之一。

◎赏析

这首词描绘了一幅清幽的隐居图景，写出了这片山水中的生活情趣和体验，通篇散发出一种纯净脱俗的美，反映了作者退出政治舞台后，对仕途感到厌倦，而对大自然则无限向往的生活情趣和心情。

“平岸小桥千嶂抱，柔蓝一水萦花草”，写得极为娟秀，为人所称誉，乃融化他人诗句而来。吴聿《观林诗话》记王安石“尝于江上人家壁间见一绝，深味其首句‘一江春水碧揉蓝’,为踌躇久之而去，已而作小词,有‘平岸小桥千嶂抱，柔蓝一水萦花草’之句。盖追用其词”。可见词人善于融炼诗句,浑然天成。他用“一水”来概括“一江春水”,添“萦花草”三字烘托春光烂漫，丰富了原句的内容，提取原诗菁华，调和得巧妙自然。“柔”用得轻盈贴切，形象生动，使词的画面呈现出一种美丽、清新、宁静的色彩美。

“茅屋数间窗窈窕，尘不到。时时自有春风扫”，茅舍在竹林中显得幽深秀美，时有春风吹拂，使得室内没有尘土。他同期写的《竹里》诗可与此参读:“竹里编茅倚石根，竹茎疏处见前村。闲眠尽日无人到，自有春风为扫门。”此即词中“茅屋数间”的一般情景。

“午枕觉来闻语鸟”，表现出词人那种与花鸟共忧喜、与山水通性情的悠闲的情致与恬淡的心境。

“欹眠似听朝鸡早”，从睡醒闻鸟声，联想到当年从政早朝时“骑马听朝鸡”，恍如隔世。这并非久静思动，却是绚烂归于平淡后常有的心理反应。其比较的结果，马上的鸡鸣还是比如今枕上的鸟声动听。此意由下文再补足。

“忽忆故人今总老，贪梦好。茫然忘了邯郸道”，反衬自己已经老了，如今贪恋闲适，已丢却卢生邯郸道上所作“建功树名，出将入相”的黄粱幻梦。

这首词，在艺术的锤炼上比早年更为成熟。历来的评论家，极推崇王安石晚年写景抒情的小诗，而往往忽略这类风格的词。其实，在融诗入词的创作技法上，这首词比其同类的诗还要出色。

◎轶闻异物录

词牌渔家傲

渔家傲，作为曲调，原是用于佛曲、道曲。《能改斋漫录》卷二：“南方释子作‘渔父’‘拨棹子’‘渔家傲’‘千秋岁’唱道之辞。”

渔家傲词牌创调者当为北宋的范仲淹。范仲淹词《渔家傲·秋思》为此调名篇，被誉为“穷塞主之词”，词风豪健而又悲慨，最能体现此调特色。唐宋词人，又多有“渔家乐”之作，为描写渔人生活之词。

宋人用此调者甚众，继范仲淹之后李清照之词也是名篇：“天接云涛连晓雾，星河欲转千帆舞。仿佛梦魂归帝所，闻天语。殷勤问我归何处，我报路长嗟日暮。学诗漫有惊人句。九万里风鹏正举，风休住。蓬舟吹取三山去。”

欧阳修用此调作十二月鼓子词，以咏十二月之节序风物；又另有十余首以写景、应歌或酬赠，使题材得以开拓。周邦彦用此调作词两首，注明为般涉调，其一用入声韵，词情婉约：“几日轻阴寒恻恻，东风急处花成积。醉踏阳春怀故国，归未得。黄鹂久往如相识，赖有蛾眉能暖客。长歌屡劝金杯侧。歌罢月痕来照席，贪欢适。帘前重露成涓滴。”

渔家傲[1]·灯火[2]已收正月半

灯火已收正月半，山南山北花撩乱。闻说洊（jiàn）亭[3]新水[4]漫，骑款段[5]。穿云入坞[6]（wù）寻游伴。

却拂僧床褰[7]（qiān）素幔[8]，千岩万壑[9]春风满。一弄[10]松声悲急管，吹梦断。西看窗日犹嫌短。

◎注释

①渔家傲：词牌名，源自唐张志和《渔歌子》，是歌唱渔家生活的曲子，宋初较为流行。双调六十二字，上下片各五句五仄韵。

②灯火：这里指元宵节彩灯。

③洊亭：凉亭名称，在钟山西麓。

④新水：这里是春雨的意思。

⑤款段：本指马行迟缓，此处指作者骑驴缓行。

⑥穿云入坞：深入到云雾缭绕的山坞中去探奇览胜。坞：四高中低的小坳。

⑦褰：套裤，这里是提起、撩起、揭起的意思。

⑧幔：窗帘。

⑨千岩万壑：语本李白《梦游天姥吟留别》："千岩万转路不定，迷花倚石忽已暝。"

⑩一弄：奏曲一次，一奏，一吹。

◎译文

正月十五元宵灯节之时，钟山一带芳草如茵，林木葱郁，生出一片盎然的春景，让人流连忘返，心醉不已。听说洊亭刚刚被春雨洗礼过，骑着小毛驴，深入到云雾缭绕的山坞中去寻找和我一样游玩的人。

游兴已尽，回到了寺院中。经过一天的玩赏也累了，放下纱帐，铺好被褥，在和煦春风的吹拂下进入梦乡。不知睡了多久，突然被悲切的松涛之声吵醒。梦醒时分，窗外已是日落西山了。

◎创作背景

王安石罢相退隐江宁（今南京）之后，在府城东与钟山间的一所住宅（名“半山园”）里度过了他生命中的最后十年。距半山园不远的钟山定林寺昭文斋是他日常下榻的别馆，他时常在那儿读书、著述、接待客人，也经常到附近的山林溪壑间登览野游。这首词就是他在定林寺生活的一个剪影，创作时间应在宋神宗元丰五年（1082 年）之后。

◎赏析

这首词写词人骑驴春游，欣赏钟山春意盎然的景象，以及游玩归来就床而卧的情景，抒发了词人心闲意静、恬然自若的情感。

“灯火已收正月半，山南山北花撩乱”，描绘钟山春意盎然的景象。宋时元夜灯节，热闹异常 。蔡绦《铁围山丛谈》:“上元张灯,天下止三日。”当时收灯后,又有出城探春的习俗,而江南孟春，不同于北方，往往收灯后便已芳草如茵、春意满野 。而钟山一带,竹木葱茏,万花竞秀,景色更为诱人。“撩乱”，写出山花争奇斗艳，撩惹行人 。

“闻说洊亭新水漫”，写了江宁附近的季候特征，点出作者居住的山中环境。美景良辰,引逗起词人览赏春色的兴致。洊亭在钟山西麓，溪水青青，花木如绣，是作者喜爱游赏的风景胜地。王安石《马死》诗李壁注引《建康续志》云:“金华俞紫琳清老，尝冠秃巾，扫搭服，抱《字说》，逐公之驴，往来法云、定林，过八功德水，逍遥洊亭之上。”“新水漫”，说明是在雨后 ，经春雨洗礼，郊外变得格外清新。

“骑款段。穿云入坞寻游伴”，作者退居江宁时，宋神宗赐他一匹马，后来马死了，他外出旅游就骑毛驴。魏泰《东轩笔录》卷十二载，王安石在江宁，“筑第于白门外七里，去蒋山亦七里，平日乘一驴，从数僮游诸山寺。欲入城则乘小舫，泛潮沟以行，盖未尝乘马与肩舆也”。这次正是骑毛驴野游，心闲意静，恬然自若，什么升沉得失、尧桀是非，仿佛早抛至九霄云外，其精神超然尘外。定林寺左右，峰峦复沓，后环屏风，前障桂岭，其间云雾缭绕，跨驴绕行山径，不时要通过云层，故曰“穿云”。山间谷壑毗连，四周峦嶂如屏，形成不少花木丛生的天然坞堡，如定林寺附近有道士坞，洊亭附近有桃花坞等。词人行经此地，不免停辔徜徉，访胜探幽，故曰“入坞”。才行高冈，又入低谷，故曰“穿云入坞”。不畏云雾迷茫，不避谷堐低湿幽深，不计山路崎岖回环，而去寻访游伴，探奇览胜，一句中连用“穿”“入”“寻”三个动词，充分表现了词人一心寻春的浓厚游兴，描绘出他自命“山野之人”的生活情趣。

“却拂僧床褰素幔”，因为孤身栖居山寺，故要拂拭僧床，撩起白色的帷帐。“僧床”“素幔”，点明作者生活清寂雅素，也展现了寄身山寺的生活特点。

“千岩万壑春风满”，“千岩万壑”承上“山南山北”，“春风暖”回应“正月半”。值此东风骀荡，春光融融，词人怡然自适的心境也仿佛与大地春色融契为一，加之游山的困乏，于是渐渐沉入静谧而深稳的梦中。

“一弄松声悲急管，吹梦断。西看窗日犹嫌短”，不知何时，山间的一派松涛之声，把他从酣梦中惊醒，抬眼望去，红日照临西窗，而词人的睡意犹未足。煞拍三句写梦醒。“悲急管”，谓松涛犹如急切的笛声，在深山中呜咽地悲鸣，仍切山林环境下笔，松声带有作者的感情色彩。词人在野游寻春与大自然的默契中，得到了心境的恬静，沉入了暂时的酣眠，然而，一时的心理平衡，却被四周突然闯入的急切悲凉的松涛声所打破，无怪乎作者起看日光，不能不嫌梦境之短了。这隐隐透露了作者身虽悠闲而内心并不平静的精神状态。

全篇即事写景，全以白描手法勾勒，物象清幽，气韵消散，在充满脂腻粉香的北宋前期词坛上，颇有一枝独秀的风致。

◎轶闻异物录

定林寺

定林寺位于南京市江宁区方山，距今已有一千五百多年历史，是金陵名刹、“金陵四十八景”之一。历史上，定林寺分为“上定林寺”“下定林寺”两处，位于方山的定林寺为下定林寺。

南朝梁武帝萧衍时，来自天竺的达摩祖师逗留国都建康（南京）期间，曾到下定林寺举行佛事活动，方山至今尚保留有“达摩崖”等历史古迹，为禅宗之祖达摩偃坐之地。故此，在佛教界有“南定林、北少林”之说。到了明、清时期，下定林寺香火很旺，随着庙舍不断增建，规模越来越宏大。

根据史籍记载：佛陀涅槃后，有两颗佛牙舍利留存世间，一颗传入锡兰（今斯里兰卡），一颗传入当时的乌苌国，后由乌苌国传到于阗。五世纪中，南朝高僧法献游于阗，把佛牙带到中国当时的首都建康（今南京）上定林寺佛牙阁里，广受四方佛徒朝拜。这颗佛牙如今供养在北京西山八大处灵光寺佛牙舍利塔里。

文艺评论家刘勰皈依佛门后，依止大学僧僧佑十余年，其不朽巨著《文心雕龙》即完成于上定林寺。

浪淘沙令[1]·伊吕[2]两衰翁[3]

伊吕两衰翁，历遍穷通[4]，一为钓叟[5]一耕佣[6]。若使当时身不遇，老了英雄[7]。

汤武[8]偶相逢，风虎云龙[9]，兴王[10]只在笑谈中。直至如今千载后，谁与争[11]功。

◎注释

①浪淘沙令：即“浪淘沙”，原唐教坊曲，后用为词牌名。刘禹锡、白居易并作七言绝句体，五代时始流行长短句双调小令，又名“卖花声”。五十四字，前后片各四平韵，多作激越凄壮之音。《乐章集》名“浪淘沙令”，入“歇指调”，前后片首句各少一字。

②伊吕：指伊尹与吕尚。商伊尹辅商汤，西周吕尚佐周武王，皆有大功，后并称伊吕，泛指辅弼重臣。

③衰翁：老翁，老人的意思。

④穷通：困厄与显达。穷：处境困窘；通：处境顺利。

⑤钓叟：钓鱼的老翁，指吕尚。

⑥耕佣：佣工的意思，这里指曾为人佣耕的伊尹。

⑦老了英雄：使英雄白白老死。这里指伊吕二人若不遇汤文二王，也就终老山野，无所作为。

⑧汤武：商汤与周武王的并称。汤：商汤王，商朝创建者。武：周武王姬发，周朝建立者。

⑨风虎云龙：比喻虎啸生风，龙起生云。这里是比喻圣主得贤臣，贤臣遇明君。《易经》中有“云从龙，风从虎”，意为明君与贤臣合作有如云从龙、风从虎，建邦兴国。

⑩兴王：兴国之王，即开创基业的国君。这里指辅佐兴王。

⑪争：争论，比较的意思。

◎译文

伊尹和吕尚两位老人，困窘和顺利的境遇全都经历过了。他们一位是钓鱼翁，一位是奴仆。如果两位英雄遇不到英明的君主，最终也只能老死于山野之中。

汤武二帝虽然是偶遇贤臣，犹如云生龙、风随虎一般，谈笑中建成了王业。可是直到千载之后的今天，伊、吕两人的功劳又有谁敢与其相比呢？

◎创作背景

王安石早年大志，要致君尧舜，但长期不得重用。直到宋神宗即位，他才有了类似“汤武相逢”的机会，可以干一番惊天动地的大事业。这首词作于宋神宗熙宁三年（1070 年）左右，作者任宰相之时。

◎赏析

此词歌咏伊尹和吕尚“历遍穷通”的人生遭际和名垂千载的丰功伟业，并叹息君臣相遇之难，以此抒发作者获得宋神宗的知遇，在政治上大展宏图、春风得意的豪迈情怀。

“伊吕两衰翁，历遍穷通，一为钓叟一耕佣”，从穷、通两个方面落笔，写伊尹、吕尚前后遭遇的变化。伊尹，原名挚；尹，是他后来所担任的官职。传说他是伊水旁的一个弃婴，以“伊为氏，曾佣耕于莘”（见《孟子·万章》）。莘，古国名，其地在今河南开封附近，商汤娶有莘氏之女，他作为陪嫁而归属于商，后来得到汤王的重用，才有了作为。吕尚，姜姓，吕氏，名尚，字子牙，号“太公望”。传说他直到晚年还是困顿不堪，只能垂钓于渭水之滨。一次，恰值周文王出猎，君臣才得遇合，他先辅文王，继佐武王，终于成就了灭商兴周之大业。伊、吕二人的经历并不是一帆风顺的，他们都是先穷而后通，度过了困窘之后才遇到施展抱负的机会，所以说他们“历遍穷通”。吕尚显达的时候，年岁已老了，所以称作“衰翁”。

“若使当时身不遇，老了英雄”，作者颇有自许之意。当伊、吕为耕佣、钓叟之时，假如不遇商汤、周文，则英雄终将老死岩壑。伊、吕是值得庆幸的，但更多士人的命运却是大可惋惜的，因为那些人没有被发现、被赏识、被任用，他们是“老了”的英雄，亦是被埋没了的英雄。

“汤武偶相逢，风虎云龙，兴王只在笑谈中”，“偶”即点明了君臣遇合的偶然性，可是，一旦能够遇见，那就会出现“风虎云龙”的局面。《易·乾·文言》:“云从龙，风从虎，对人作而万物睹。”意思是说，云跟随着龙出现，风跟随着虎出没。人世间如果圣明的君主能重用贤臣，那么，在谈笑之间就能轻而易举地完成建功立业的大事业。

“直至如今千载后，谁与争功”，说伊、吕不仅功盖当世，至今超过千载，也没有人能够与之匹敌。在歌颂伊、吕的不朽功业的背后，伊、吕的偶遇明主和建立功业，对于王安石来说，无疑是一股巨大的精神力量，他从中受到了鼓舞，增强了推行变法的决心和勇气。

这首词布局巧妙，通篇叙史论史，实则是以史托今，蕴含着作者称赞明君之情，令人回味无穷。

◎轶闻异物录

商　汤

商汤（约前 1670 年—前 1587 年），即成汤，子姓，名履。古书中说“汤有七名”，见于记载的有：汤、成汤、武汤、商汤、天乙、天乙汤（殷墟甲骨文称成、唐、大乙，宗周甲骨与西周金文称成唐），河南商丘人。汤是契的第十四代孙，主癸之子，商朝开国君主。

商汤原是夏朝方国商国的君主，在伊尹、仲虺等人的辅助下陆续灭掉邻近的葛国（今河南宁陵）以及夏朝的方国韦（今河南滑县，即后来大彭）、顾（今河南范县）、昆吾（今河南许昌）等，十一征而无敌于天下，成为当时的强国，而后作《汤誓》，与桀大战于鸣条（今河南封丘东），最终灭夏。经过三千诸侯大会，汤被推举为天子，定都亳（今河南商丘谷熟镇西南），定国号为“商”，成为商朝的开国君主。

商汤为吸取夏朝灭亡的经验教训而作《汤诰》，要求其臣属“有功于民，勤力乃事”，否则就要“大罚殛汝”。对那些亡国的夏民，则仍保留“夏社”，并封其后人。汤注意“以宽治民”，因此在他统治期间，阶级矛盾较为缓和，政权较为稳定，国力也日益强盛。《诗·商颂·殷武》称：“昔有成汤，自彼氐羌，莫敢不来享，莫敢不来王，曰商是常。”

商汤为商国君主十七年，作《汤誓》后自号武王，建立商朝后又在位十二年。百岁而崩，庙号太祖，因其长子太丁早逝，由次子外丙继位。葬处据传有六处，说法最多的是在今河南商丘北面。

读《孟尝君传》[①]

世皆称[②]孟尝君[③]能得士[④]，士以故归[⑤]之，而卒[⑥]赖[⑦]其[⑧]力，以脱于虎豹之秦。嗟乎！孟尝君特[⑨]鸡鸣狗盗[⑩]之雄[⑪]耳[⑫]，岂足以言得士？不然，擅[⑬]（shàn）齐之强，得一士焉，宜[⑭]可以南面[⑮]而制[⑯]秦，尚何取鸡鸣狗盗之力哉？夫[⑰]鸡鸣狗盗之出其门，此士之所以不至也。

◎注释

①《孟尝君传》：指司马迁创作的作品《史记·孟尝君列传》。

② 称：称颂，赞扬的意思。

③ 孟尝君：姓田名文，战国时齐国公子（贵族），封于薛地（今山东省滕县东南）。

④ 士：士人，这里指品德好、有学识或有技艺的人。

⑤ 归：这里是投奔、投靠的意思。

⑥ 卒：终于、最终。

⑦ 赖：依赖，依靠的意思。

⑧ 其：指门下有贤能的人。

⑨ 特：这里是只不过的意思。

⑩ 鸡鸣狗盗：孟尝君曾在秦国为秦昭王所囚，有被杀的危险。他的食客中有个能为狗盗的人，就在夜里装成狗混入秦宫，偷得狐白裘，用来贿赂昭王宠妃，孟尝君得以被放走。可是他逃至函谷关时，正值半夜，关门紧闭，按规定要鸡鸣以后才能开关放人出去，而追兵将到。于是他的食客中有会学鸡叫的人就学鸡叫，结果群鸡响应，终于及时打开城门，逃回齐国。后成为孟尝君能得士的美谈。

⑪ 雄：首领。

⑫ 耳：罢了。

⑬ 擅：拥有。

⑭ 宜：应该。

⑮ 南面：君王座位面向南，一般用来比喻居于君主之位的人。
⑯ 制：制服。
⑰ 夫：发语词。

◎译文

世人都称赞孟尝君能够招贤纳士，贤士因为这个缘故归附他，而孟尝君终于依靠他们的力量，从像虎豹一样凶残的秦国逃脱出来。唉！孟尝君只不过是一群鸡鸣狗盗之徒的首领罢了，怎么能说是得到贤士了呢！如果不是这样，孟尝君拥有齐国强大的国力，只要得到一个贤士，就应当可以依靠国力在南面称王而制服秦国，还用得着鸡鸣狗盗之徒的力量吗？鸡鸣狗盗之徒出现在他的门庭，这就是贤士不归附他的原因。

◎创作背景

关于这篇文章的创作时间有两种说法：一说作于淮南节度判官任上（1042 年—1045 年）；一说作于在京直集贤院为三司度支判官知制诰期间（1059 年—1063 年）。

在王安石看来，士应是大则“足以用天下国家”，小则“足以为天下国家之用”，因此有才干之士“居则为六官之卿，出则为六军之将”，而不是皓首穷经，从政时“则茫然不知其方者”。这篇文章是作者读《史记·孟尝君列传》之后发出的感想，旨在破“孟尝君能得士”的世俗之见，表达自己对人才的看法。

◎赏析

作者在文中别出新见，采取以子之矛攻子之盾的论证手法，通过对“士”的标准的鉴别，驳斥了“孟尝君能得士”的传统观点，无可辩驳地把孟尝君推到了“鸡鸣狗盗”之徒的行列，意在表达自己对人才的看法。

“世皆称孟尝君能得士”，写出世人对孟尝君的传统看法：孟尝君能够招贤纳士。

“士以故归之，而卒赖其力，以脱于虎豹之秦”，开门见山地提出，孟尝君究竟能不能得士。表面上看孟尝君“得士”了，他依靠门下的贤士从像虎豹一样的秦国逃脱出来。

“嗟乎！孟尝君特鸡鸣狗盗之雄耳，岂足以言得士”，作者提出反驳的论点，驳斥“孟尝君得士”的说法，孟尝君不过是鸡鸣狗盗之徒的首领罢了，怎么可说他能得士呢？一下子把“士”跟“鸡鸣狗盗”之辈区分开来，反驳有力。

“不然，擅齐之强，得一士焉，宜可以南面而制秦，尚何取鸡鸣狗盗之力哉”，加深反驳之意，用反证法提出自己对“士”的看法：“士”必须是可赖以谋国制敌的能人，凭仗齐国强大的国力，得到一个“士”，就可以使齐国成为霸主，制服秦国。正因为孟尝君手下没有一个是真正的“士”，才导致要靠鸡鸣狗盗之徒来帮助孟尝君逃脱秦国，从而证明孟尝君的“士”不足以称为“士”，用事实驳斥孟尝君能得士的看法。

“夫鸡鸣狗盗之出其门，此士之所以不至也”，承接上文，运用逻辑推理解析孟尝君不能得士的原因，驳斥首句讲的“士以故归之”，补足对孟尝君不能得士的批驳理由。说明孟尝君不能得士的原因：鸡鸣狗盗之徒出入其门，真正的士是不会跟着孟尝君的。

《读〈孟尝君传〉》是中国最早的一篇驳论文（议论文的一种）。本文的主旨在于“翻案说明孟尝君不能得士”。这篇读后感，全文不足一百字，却以强劲峭拔的气势，跌宕变化的层次，雄健有力的笔调，成为我国古代短篇议论文中的杰作。

《史记》

《史记》最初称为《太史公》或《太史公记》《太史记》，是西汉史学家司马迁撰写的纪传体史书，是我国第一部纪传体通史，记载了上自上古传说中的黄帝时代，下至汉武帝太初四年（前 101 年）共三千多年的历史。

汉武帝太初元年（前 104 年），司马迁开始创作《史记》，前后经历了十四年，才得以完成，全书包括十二本纪（记历代帝王政绩）、三十世家（记诸侯国和汉代诸侯、勋贵兴亡）、七十列传（记重要人物的言行事迹，主要叙人臣，其中最后一篇为自序）、十表（大事年表）、八书（记礼、乐、兵、律历、天文、封禅、水利、财用各种典章制度）。《史记》共一百三十篇，五十二万六千五百余字，比《淮南子》多三十九万五千余字，比《吕氏春秋》多二十八万八千余字。《史记》规模巨大，体系完备，而且对此后的纪传体史书影响很深。

《史记》被列为“二十四史”之首，与后来的《汉书》《后汉书》《三国志》合称“前四史”。《史记》还被认为是一部优秀的文学著作，在中国文学史上占有重要地位，被鲁迅誉为“史家之绝唱，无韵之《离骚》”，有很高的文学价值。刘向等人认为此书“善序事理，辩而不华，质而不俚”。它对后世史学和文学的发展都产生了深远的影响。

答司马谏议[1]书

某[2]启[3]：昨日蒙教[4]，窃[5]以为与君实[6]游处[7]相好之日久，而议事每不合，所操[8]之术[9]多异故也。虽欲强聒[10]（guō），终必不蒙见察，故略[11]上报[12]，不复一一自辨。重（chóng）念[13]蒙君实视遇厚[14]，于反复[15]不宜卤莽[16]，故今具道[17]所以[18]，冀[19]（jì）君实或见恕也。

盖儒者[20]所争，尤在名实[21]，名实已明，而天下之理得矣。今君实所以见教者，以为侵官、生事、征利、拒谏，以致天下怨谤[22]（bàng）也。某则以谓：受命于人主[23]，议法度[24]而修[25]之于朝廷，以授之于有司[26]，不为侵官；举[27]先王之政，以兴利除弊，不为生事；为天下理财，不为征利；辟邪说[28]，难[29]（nàn）壬（rén）人[30]，不为拒谏。至于怨诽之多，则固[31]前[32]知其如此也。

人习于苟且非一日，士大夫多以不恤[33]（xù）国事、同俗自媚于众[34]为善，上[35]乃[36]欲变此，而某不量敌之众寡，欲出力助上以抗[37]之[38]，则众何为而不汹汹然[39]？盘庚[40]之迁，胥怨[41]者民也，非特朝廷士大夫而已。盘庚不为怨者故改其度[42]，度（duó）义[43]而后动，是[44]而不见可悔故也。如君实责我以在位久，未能助上大有为，以膏泽[45]斯民，则某知罪矣；如曰今日当一切不事事[46]，守前所为[47]而已，则非某之所敢知[48]。

无由会晤，不任区区向往之至[49]。

◎注释

①司马谏议：司马光（1019年—1086年），字君实，陕州夏县（今属山西）人，当时任右谏议大夫（负责向皇帝提意见的官）。他是北宋著名史学家，编撰有《资治通鉴》。宋神宗用王安石行新法，他竭力反对。宋神宗元丰八年（1085年），哲宗即位，高太皇太后听政，召他主国政。次年为相，废除新法。为相八个月病死，追封温国公。

②某：自称。

③启：这里是写信说明事情。

④蒙教：承蒙指教。这里指接到来信。

⑤窃：这里是私自的意思，用作谦辞。

⑥君实：司马光的字。古人写信称对方的字以示尊敬。

⑦游处：这里指同游共处，即同事交往的意思。

⑧操：持，使用的意思。

⑨术：方法，主张。

⑩强聒：唠叨不休。聒：语声嘈杂。

⑪略：简略。

⑫上报：给您写的回信，指王安石接到司马光第一封来信后的简答。

⑬重念：再三想想。

⑭视遇厚：看重的意思。视遇：看待。

⑮反复：这里指书信往来的意思。

⑯卤莽：冒失，简慢无礼。

⑰具道：具体详细地说出来。

⑱所以：这里指事情的原委。

⑲冀：希望。

⑳儒者：这里泛指一般封建士大夫。

㉑名实：名义和实际。

㉒怨谤：怨恨、指责的意思。

㉓人主：皇帝。这里指宋神宗赵顼。

㉔议法度：这里指讨论、审定国家的法令制度。

㉕修：修订。

㉖有司：指主管某部门的官吏；泛指官吏。

㉗举：推行。

㉘辟邪说：驳斥错误的言论。辟：驳斥，排除。邪说：不正当的议论、主张，歪理邪说。

㉙难：责难的意思。

㉚壬人：指巧言谄媚、不行正道的人。

㉛固：本来的意思。

㉜前：预先。

㉝恤：关心。

㉞同俗自媚于众：指附和世俗的见解，向众人献媚讨好。

㉟上：皇上。这里指宋神宗赵顼。

㊱乃：却。

㊲抗：抵制，斗争。

㊳之：代词，指上文所说的“士大夫”。

㊴汹汹然：指声音大，喧嚣，这里是吵闹、叫嚷的样子。

㊵盘庚：商朝中期的一个君主。商朝原来建都在黄河以北的奄（今山东曲阜），常有水灾。为了摆脱政治上的困境和自然灾害，盘庚即位后，决定迁都到殷（今河南安阳西北）。这一决定曾遭到全国上下的怨恨反对。后来，盘庚发表文告说服了他们，完成了迁都计划。事见《尚书·盘庚》。

㊶胥怨：全都抱怨的意思。胥：皆。

㊷改其度：改变他原来的计划。

㊸度义：这里指考虑是否合理。度：考虑，这里用作动词。

㊹是：这里用作动词，意谓认为做得对。

㊺膏泽：民脂民膏，这里是施加恩惠的意思，用作动词。

㊻一切不事事：什么事都不做。事事：做事，前一“事”字是动词，后一“事”字是名词。

㊼守前所为：墨守前人的做法。

㊽所敢知：这里是愿意领教的意思。知：领教。

㊾不任区区向往之至：私心不胜仰慕。这是旧时写信的客套语。不任：不胜，受不住，形容情意的深重。区区：小，这里指自己，自谦辞。向往：仰慕的意思。

◎译文

鄙人王安石请启：昨天承蒙您来信指教，我私下认为与您交往深厚并非一朝一夕了，可是议论起政事时常常意见不合，这大概是我们所持的政治主张和方法不同的缘故吧。即使想向您啰唆几句，最终也必定不会被您谅解，因此我只能简单地给您写了封回信，不再一一为自己辩解了。后来又想到蒙您一向看重和厚待，在书信往来上不应该粗疏草率，所以现在详细地说出我这样做的理由，希望您看后或许能谅解我。

有学问的读书人所争论的问题，特别注重名义和实际是否相符。如果名义和实际的关系一经辨明，那么天下的是非之理也就解决了。现在您来信指教我的，是认为我推行新法侵夺了官吏们的职权，制造了事端，争夺了百姓的财利，拒绝接受不同的意见，因而招致天下人的怨恨和诽谤。而我却认为遵从皇帝的旨意，议订法令制度，又在朝廷上修正决定，把它交给负有专责的官吏去执行，这不能算是侵夺官权。实行古代贤明君主的政策，用它来兴办对天下有利的事业、消除种种弊病，这不能算是制造事端。替国家整理财政，这不能算是与百姓争夺财利。抨击不正确的言论，驳斥巧辩的小人，这不是拒听意见。至于现在对我的怨恨和诽谤那么多，那是我早就料到它会这样的。

人们习惯于苟且偷安、得过且过已不是一天两天的事了。士大夫们多数把不顾国家大事、附和世俗的见解、向众人献媚讨好当作好事，因而皇上才要改变这种不良风气，那么我不去考虑反对的人有多少，愿意全力协助皇上来对抗他们，这样一来那些人又为什么不对我大吵大闹呢？商王盘庚迁都的时候，连百姓都抱怨，并不只是朝廷上的士大夫加以反对。盘庚并不因为有人怨恨就改变自己的计划，这是因为迁都是经过周密考虑后才行动的，认为对就看不出有什么可以后悔的缘故啊。如果您责备我是因为我在位任职很久，没能协助皇上干一番大事业，使这些老百姓感受到恩泽，那么我承认自己是有过错的；如果什么事都不去做，只是墨守前人的老规矩，那就不是我敢领教的了。

没有机会与您见面，衷心想念和仰慕您。

◎创作背景

宋神宗熙宁元年（1068年），新即位的宋神宗问王安石："当今治国之道，当以何为先？"王安石答："以择术为始。"熙宁二年（1069年），宋神宗问王安石："不知卿所施设，以何为先？"王安石答："变风俗，立法度，方今所急也。凡欲美风俗，在长君子，消小人，以礼义廉耻由君子出故也……"

宋神宗熙宁二年（1069年）二月，王安石开始推行新法，采取一系列改革措施。翰林学士范镇站在司马光等人的立场上，竭力反对新法，曾五次上书，指斥王安石以喜怒为赏罚，"陛下有纳谏之资，大臣进拒谏之计；陛下有爱民之性，大臣用残民之术"。七八月间范纯仁上书皇上，公开指责王安石"掊克财利"，"尧舜知人安民之道"。御史中丞吕诲上书劾王安石巧诈，说他"置诸宰辅，天下必受其祸"。一次宋神宗和文彦博讨论变法之事，宋神宗说："更张法制，于士大夫诚多不悦，然与百姓何所不便？"文彦博说："为与士大夫治天下，非与百姓治天下。"

宋神宗熙宁三年（1070年），司马光给王安石写了三封长信——《与（王）介甫书》，责难王安石"财利不以委三司而自治之，更立制置三司条例司""又置提举常平广惠仓使者""今介甫为政，尽变更祖宗旧法，先者后之，上者下之，右者左之，成者毁灭之，弃者取之，矻矻焉穷日力，继之以夜不得息""今介甫为政，首建制置条例司，大讲财利之事，又命薛向行均输法于江、淮，欲尽夺商贾之利，又分遣使者散青苗钱于天下而收其息，使人愁痛，父子不相见，兄弟妻子离散""或所见小异，微言新令之便者，介甫辄艴然加怒，或诟骂以辱之，或言于上而逐之，不待其辞之毕也。明主宽容如此，而介甫拒谏乃尔，无乃不足于恕乎"。

司马光通过列举实施新法"侵官""生事""征利""拒谏""致怨"等弊端，要求王安石废弃新法，恢复旧制。王安石则写了《答司马谏议书》回复："如君实责我以在位久，未能助上大有为，以膏泽斯民，则某知罪矣；如曰今日当一切不事事，守前所为而已，则非某之所敢知。”后来两人完全决裂，司马光向皇帝请辞，隐居洛阳专心撰写《资治通鉴》。

◎赏析

全文立论的论点是针对司马光认为新法“侵官、生事、征利、拒谏、致怨”的指责，一一作了反驳，认为司马光的攻击名实不符，全是谬论，揭露他们保守、腐朽的本质，表示坚持改革、绝不为流言俗语所动的决心。

第一段主要阐明写这封信的原因和目的。因为两人之间有分歧，所以写信表明自己的立场和态度。

“昨日蒙教”，是礼貌性客套语，没有实际意义。

“窃以为与君实游处相好之日久”，提到与司马光相处并非一朝一夕，感情色彩很浓。

“而议事每不合，所操之术多异故也”，以迅雷不及掩耳之势，直接点明二人政治上不投合的原因所在。这三句点出了分歧的焦点所在。不伤感情，态度坦率。

“虽欲强聒，终必不蒙见察，故略上报，不复一一自辨”，司马光立场坚定，并不肯轻易改变，所以作者感到“虽欲强聒”多讲几句，一定得不到司马光谅解的；因而对于洋洋洒洒三千余字的来信，只作简单答复，不再一一自辨。

“重念蒙君实视遇厚，于反复不宜卤莽，故今具道所以，冀君实或见恕也”，经过仔细考虑，作者认为司马光很是看重自己，书信往来，不宜鲁莽，所以还是要做详细解释，希望司马光能够宽恕。这里既说明了作者的态度和方法，又显示出冷静和沉着。

第二段是全文反驳司马光观点的重点部分。

“盖儒者所争，尤在名实，名实已明，而天下之理得矣”，分别对保守派谬论进行驳斥，表明自己坚持变法的立场。在辩驳之前，先高屋建瓴地提出一个最重要的原则问题——名实问题。名正则言顺而事行。但站在不同立场，对同一事件是否合理就会有不同的甚至完全相反的看法。

“今君实所以见教者，以为侵官、生事、征利、拒谏，以致天下怨谤也”，司马光在来信中指责王安石实行变法是“侵官、生事、征利、拒谏，以致天下怨谤”。这些责难，如果就事论事地一一加以辩解，那就很可能会因为被对方抓住了一些表面现象或具体事实而陷于被动招架，越辩解越显得理亏；必须站在高处，深刻揭示出事情的本质，才能从根本上驳倒对方的责难，为变法正名。

“某则以谓：受命于人主，议法度而修之于朝廷，以授之于有司，不为侵官”，首先驳斥“侵官”。作者不去解释实行新法是否侵夺了政府有关机构的某些权力这些具体现象，而是大处着眼，指出决定进行变法是“受命于人主”，出于皇帝的意旨，新法是经过朝廷的认真讨论而订立，然后再交付具体主管部门去执行的。这一“受”、一“议”、一“授”，将新法从决策、制定到推行的全过程置于完全名正言顺、合理合法的基础上，“侵官”之说便不攻自破。

“举先王之政，以兴利除弊，不为生事”，然后驳斥“生事”。实行古代贤明君主的政策，兴办对天下有利的事业，消除种种弊病，自然不是“生事扰民”。

“为天下理财，不为征利”，再驳斥“征利”。因为问题不在于是否征利，而在于为谁征利。根本出发点正确，“征利”的责难也就站不住脚。

“辟邪说，难壬人，不为拒谏”，然后驳斥“拒谏”。拒绝不正确的言论，驳斥花言巧辩的小人不叫拒谏。

“至于怨诽之多，则固前知其如此也”，最后讲到“怨诽之多”，却不再从正面反驳，仅用“早就料到是这种结果”

一语带过，大有对此不屑一顾的轻蔑意味，并由此引出下面一段议论。

这一段，从回答对方的责难这个角度说，是辩解，是防守；但由于作者抓住问题的实质，从大处高处着眼，这种辩解就绝非单纯的招架防守，而是守中有攻。例如在驳斥司马光所列举的罪责的同时，也反过来间接指责了对方违忤“人主”旨意、“先王”之政，不为天下兴利除弊的错误。特别是“辟邪说，难壬人”的说法，更毫不客气地将对方置于小人的难堪境地。

第三段进一步明确自己的立场和态度，紧承上段结尾处怨诽之多早在意料之中的无畏声明，作者对“怨诽”的来历作了一针见血的分析。

“人习于苟且非一日，士大夫多以不恤国事、同俗自媚于众为善”，先指出：人们习惯于苟且偷安、得过且过，朝廷士大夫多以不考虑国家大事，附和流俗、讨好众人为好事。在王安石的诗文中，“苟且”是因循保守的同义语；而“俗”与“众”则是为保守思想所浸染的一股强大的社会政治势力。这里揭示出他们的精神面貌和思想实质。

“上乃欲变此，而某不量敌之众寡，欲出力助上以抗之”，皇上要改变这种不良风气，所以我不会考虑反对的人有多少，愿意全力协助皇上来对抗他们。

“则众何为而不汹汹然”，指出他们既然对变法有异议，又怎会不向我大吵大闹呢？这说明保守势力的反对虽是必然的，但丝毫不意味着他们有理和有力。

“盘庚之迁，胥怨者民也，非特朝廷士大夫而已。盘庚不为怨者故改其度，度义而后动，是而不见可悔故也”，作者举了盘庚迁都的历史事例，说明反对者之多并不表明措施有错误，确认自己做得对，就没有任何退缩后悔的必要。盘庚之迁，连百姓都反对，尚且未能使他改变计划，那么当前实行变法只是遭到朝廷士大夫中保守势力的反对，就更没有退缩的理由了。这是用历史上改革的事例说明当前所进行的变法的合理性与正义性，表明自己不为怨诽之多而改变决心的坚定态度。“度义而后动，是而不见可悔”，可以说是作者的行事准则，也是历史上一切改革家刚毅精神的一种概括。

“如君实责我以在位久，未能助上大有为，以膏泽斯民，则某知罪矣”，作者欲擒故纵，先让开一步，说如果对方是责备自己在位日久，没有能帮助皇帝干出一番大事，施惠于民，那么自己是知罪的。这虽非本篇正意，却是由衷之言。

“如曰今日当一切不事事，守前所为而已，则非某之所敢知”，又反转过去，委婉的口吻中蕴含着锐利的锋芒，一语点破以司马光为代表的保守派的思想实质，直刺对方要害，使其原形毕露，无言以对。

这篇短信笔力劲锐，文字精练而富有说服力，语气委婉而严正，既不伤害私人的友谊，也不向反对的意见妥协。针对具体的人、具体的场合，运用了反驳、引导、对比、证明、启发、类推等方法，以由近及远、由远及近、层层逼近的方式而进行逻辑推理，是驳论性政论文的典范之作。

◎轶闻异物录

《资治通鉴》

《资治通鉴》是由北宋司马光主编的一部多卷本编年体史书，共二百九十四卷，历时十九年完成。主要以时间为纲，事件为目，上起周威烈王二十三年（前 403 年），下迄后周显德六年（959 年），前后涵盖十六朝，共一千三百六十二年的历史。全书按朝代分为十六纪，即《周纪》五卷、《秦纪》三卷、《汉纪》六十卷、《魏纪》十卷、《晋纪》四十卷、《宋纪》十六卷、《齐纪》十卷、《梁纪》二十二卷、《陈纪》十卷、《隋纪》

八卷、《唐纪》八十一卷、《后梁纪》六卷、《后唐纪》八卷、《后晋纪》六卷、《后汉纪》四卷、《后周纪》五卷。

《资治通鉴》的内容以政治、军事和民族关系为主，兼及经济、文化和历史人物评价，目的是通过对事关国家盛衰、民族兴亡的统治阶级政策的描述警示后人。

书名的由来，是宋神宗认为该书“往事，有资于治道”而钦赐的。由此可见，《资治通鉴》的得名，既是史家治史以资政的自觉意识的表现，也是封建帝王利用史学为政治服务的自觉意识的表现。

《通鉴》作为一部编年体的通史（《史记》为第一部纪传体通史，《春秋》为现存最早编年体史书），按时间先后叙述史事，往往用追叙和终言的手法，说明史事的前因后果，容易使人得到系统而明晰的印象。

司马光自述写作此书的目的是“患历代史籍浩繁，学者难以遍览，因欲撮取其要，撰纪传体史”。初成《通志》八卷，起战国至秦二世，表进于朝，引起宋英宗的重视。宋英宗治平三年（1066 年），诏置书局于崇文院，继续编纂。宋神宗即位，赐书名为《资治通鉴》，并序以奖之。宋神宗元丰七年（1084 年）书成。

《通鉴》由司马光总其大成，协修者有刘恕、刘攽、范祖禹三人。刘恕博闻强记，自《史记》以下诸史，旁及私记杂说，无所不览，对《通鉴》的讨论编次，用力最多。刘攽于汉史、范祖禹于唐史，都有专深的研究。他们分工合作，各自作出了重要贡献。最后，由司马光修改润色，写成定稿，“其中是非予夺，一出于光”。

《资治通鉴》是中国第一部编年体通史，在中国官修史书中占有极重要的地位。

游褒禅山记

褒禅山亦谓之华山，唐浮图[1]慧褒[2]始舍[3]于其址[4]，而[5]卒[6]葬之[7]，以故[8]其后名[9]之曰“褒禅”[10]。今所谓慧空禅院[11]者，褒之庐[12]冢[13]也。距其院[14]东五里，所谓华山洞[15]者，以[16]其乃[17]华山之阳[18]名[19]之也。距洞百余步，有碑仆道[20]，其文[21]漫灭[22]，独[23]其[24]为文[25]犹[26]可识曰“花山”。今言“华(huā)”如“华(huá)实”之“华”(huá)者，盖音谬也[27]。

其下平旷，有泉侧出[28]，而记游[29]者甚众，所谓前洞也。由山以上[30]五六里，有穴窈（yǎo）然[31]，入之甚寒，问[32]其深[33]，则[34]其好游者不能穷[35]也，谓之后洞。余与四人拥火[36]以入，入之愈深，其进愈难，而其见[37]愈奇。有怠[38]而欲出者，曰：“不出，火且[39]尽。”遂与之俱出。盖[40]余所至，比好游者尚[41]不能十一[42]，然视其左右，来而[43]记之者已少。盖其又深，则[44]其至[45]又加[46]少矣。方是时[47]，余之力尚足以入，火尚足以明[48]也。既[49]其出，则[50]或[51]咎[52]其[53]欲出者，而余亦悔其[54]随之，而[55]不得[56]极[57]夫[58]游之乐也。

于是[59]余有叹焉[60]。古人之[61]观于天地、山川、草木、虫鱼、鸟兽，往往有得[62]，以[63]其求思[64]之深而[65]无不在[66]也。夫[67]夷[68]以[69]近，则[70]游者众；险以远，则至者少。而[71]世之奇伟、瑰怪，非常之观[72]，常在于险远[73]，而[74]人之所罕至焉[75]，故非有志者不能至也。有志矣，不随[76]以[77]止也，然力不足者，亦不能至也。有志与力，而又不随以怠，至于幽暗昏惑[78]而无物以[79]相[80]（xiàng）之，亦不能至也。然力足以至焉，于人为可讥，而在己为有悔；尽吾志也而不能至者，可以无悔矣，其孰能讥之乎？此余之所得也！

余于仆碑，又以悲夫古书之不存，后世之谬其传[81]而莫能名[82]者，何可胜道[83]也哉！此所以学者不可以不深思而慎取之也。

四人者：庐陵[84]萧君圭[85]君玉，长乐[86]王回[87]深父，余弟安国平父、安上纯父[88]。

至和元年[89]七月某日，临川[90]王某[91]记。

◎注释

①浮图：梵语（古印度语）音译词，也写作“浮屠”或“佛图”，本意是佛或佛教徒，这里指和尚。

②慧褒：唐代高僧。

③舍：这里是建房屋定居的意思。

④址：意为建筑物的地基，这里指山脚。

⑤而：连词，并且。

⑥卒：最终的意思。

⑦之：这里指褒禅山麓。

⑧以故：因为（这个）缘故，译为“因此”。

⑨名：命名的意思，用作动词。

⑩褒禅：即慧褒禅师。禅：梵语译音“禅那”的简称，意思是“静思”，指佛家追求的一种境界。后来泛指有关佛教的人和事物，如禅师、禅子、坐禅、禅房、禅宗、禅林、禅杖等。

⑪慧空禅院：寺院名。

⑫庐：屋舍。

⑬ 冢：坟墓的意思。

⑭ 院：禅院，佛寺。

⑮ 华山洞：南宋王象生《舆地纪胜》写作“华阳洞”，对应下文应写作“华阳洞”。

⑯ 以：因为。

⑰ 乃：表示判断，有“为”“是”的意思。

⑱ 阳：山的南面。古代称山的南面、水的北面为“阳”，山的北面、水的南面为“阴”。

⑲ 名：命名的意思，做动词。

⑳ 仆道：倒在路旁的意思。

㉑ 文：碑文，与下文“独其为文（碑上残存的文字）”的“文”不同。

㉒ 漫灭：指因风化剥落而模糊不清。

㉓ 独：唯独，只有。

㉔ 其：这里指代石碑的意思。

㉕ 文：文字，这里指的是碑上残存的文字。

㉖ 犹：还、仍的意思。

㉗ 今言“华”如“华实”之“华”者，盖音谬也：汉字最初只有“华”字，没有“花”字，后来有了“花”字，“华”“花”分家，“华”才读为 huá。言：说。盖：承接上文，解释原因，有“大概因为”的意思。谬：错误。

㉘ 侧出：从旁边涌出。

㉙ 记游：指游客在洞壁上题诗文留念。

㉚ 上：名词活用作动词，向上走的意思。

㉛ 窈然：深远幽暗的样子。

㉜ 问：探究、追究的意思。

㉝ 深：形容词活用作名词，深度。

㉞ 则：副词，用于判断句表示肯定，相当于“就”。

㉟ 穷：穷尽。

㊱ 拥火：拿着火把。拥：持，拿。

㊲ 见：动词活用作名词，见到的景象。

㊳ 怠：懈怠。

㊴ 且：副词，将要的意思 。

㊵ 盖：表猜测的发语词，大概。

㊶ 尚：还的意思。

㊷ 不能十一：不及十分之一。不能：不及，不到的意思。

㊸ 而：表递进的连词，并且，而且。

㊹ 则：表假设的连词，那么。

㊺ 至：动词活用作名词，到达的人。

㊻ 加：更，更加。

㊼ 方是时：正当这个时候。方：当，正在。是时：指决定从洞中退出的时候。

㊽ 明：形容词或用作动词，照明的意思。

㊾ 既：已经，完成……以后。

㊿ 则：副词，就，便，表示前后两事紧密相承或时间相距很近。

51 或：有人。

52 咎：指过失，罪过，怪罪，处分等。

53 其：那，那些。

54 其：第一人称代词，指自己。

55 而：连词，表结果，以致，以至于。

56 不得：不能。

57 极：尽，这里有尽情享受的意思，形容词活用作动词。

58 夫：这，那，指示代词。

59 于是：对于这种情况，因此。

60 焉：句末语气词。

61 之：用于主谓之间，取消句子的独立性，可不译。

62 得：心得，收获。

63 以：因为。

64 求思：探求、思索的意思。

65 而：连词，表递进，而且。

66 无不在：无所不在，没有不探索、思考的，指思考问题广泛全面。

67 夫：表议论的发语词。

68 夷：平坦。

69 以：连词，表并列，而且，并且。

70 则：表假设的连词，那么。

71 而：可是。

⑫ 观：景象，景观的意思。

⑬ 险远：形容词活用作名词，险远的地方。

⑭ 而：因而。

⑮ 焉：兼词，相当于“于此”。

⑯ 随：跟随别人，“随”字后面省略“之”。

⑰ 以：连词，表结果，以致，以至于。

⑱ 幽暗昏惑：幽深昏暗，叫人迷乱的地方。昏惑：迷乱。

⑲ 以：连词，表目的。

⑳ 相：帮助，辅助的意思。

㉑ 谬其传：把那些（有关的）传说弄错。谬：使……谬误，把……弄错。

㉒ 莫能名：不能说出真相。

㉓ 何可胜道：怎么能说得完。胜：尽。

㉔ 庐陵：今江西吉安。

㉕ 萧君圭：字君玉。

㉖ 长乐：今福建长乐。

㉗ 王回：字深父。

㉘ 安国平父、安上纯父：王安国，字平父。王安上，字纯父。

㉙ 至和元年：1054 年。至和：宋仁宗的年号。

㉚ 临川：今江西临川。

㉛ 王某：这里是指王安石。古人作文起稿，写到自己的名字，往往只作“某”，或者在“某”上冠姓，以后在誊写时才把姓名写出。根据书稿编的文集，也常常保留“某”的字样。

◎译文

褒禅山也称为华山。唐代和尚慧褒当初在这里筑室居住，死后又葬在那里；因为这个缘故，后人就称此山为褒禅山。如今人们所说的慧空禅院，就是慧褒和尚的墓舍。距离那禅院东边五里，是人们所说的华山洞，因为它在华山南面而这样命名。距离山洞一百多步，有一座石碑倒在路旁，上面的文字已被剥蚀、损坏近乎磨灭，只勉强从能认得出的地方辨识出“花山”

的字样。如今将“华”读为“华实”的“华”，大概是因字不同而产生的读音上的错误。

由此向下的那个山洞平坦而空阔，有一股山泉从旁边涌出，这里有很多游客在洞壁上题诗文留念，叫作“前洞”。经由山路向上五六里，有个洞穴，一派幽深的样子，进去便寒气逼人，探问它的深度，就是那些喜欢游险的人也未必能走到尽头——这是人们所说的“后洞”。我与四个人打着火把走进去，进去越深，前进越困难，而所见到的景象越奇妙。有个懈怠而想退出的伙伴说：“再不出去，火把就要熄灭了。”于是，只好都跟他退出来。我们走进去的深度，比起那些喜欢游险的人来，大概还不足十分之一，然而看看左右的石壁，来此题记的人已经很少了。洞内更深的地方，大概来到的游人就更少了。当决定从洞内退出时，我的体力还足够前进，火把还能够继续照明。我们出洞以后，就有人埋怨那主张退出的人，我也后悔跟他出来，而未能极尽游洞的乐趣。

对于这件事我有所感慨。古人观察天地、山川、草木、虫鱼、鸟兽，往往有所得益，是因为他们探究、思考深邃而且广泛。平坦而又近的地方，前来游览的人便多；危险而又远的地方，前来游览的人便少。但是世上奇妙雄伟、珍异奇特、非同寻常的景观，常常在那险阻、僻远、少有人至的地方，所以，意志不强的人是不能到达的。有了志气，也不跟随别人而停止，但是体力不足的，也不能到达。有了志气与体力，也不跟随别人而有所懈怠，但到了那幽深昏暗而使人感到模糊迷惑的地方却没有必要的物件来支持，也不能到达。可是，如果力量足以达到目的但却未能达到的，旁人便可以嘲笑他，而且自己也会觉得悔恨；如果尽了最大的努力也不能到达，那便可以无所悔恨，这难道谁还能嘲笑吗？这就是我这次游山的收获。

我对于那座倒地的石碑，又感叹古代刻写的文献未能存留，后世讹传而无人弄清其真相的事，哪能说得完呢？这就是学者不可不深入思考而谨慎地援用资料的缘故。

同游的四个人是：庐陵人萧君圭，字君玉；长乐人王回，字深父；我的弟弟王安国，字平父，王安上，字纯父。

至和元年七月，临川人王安石记。

◎创作背景

从文章后面有“至和元年七月某日，临川王某记”字样，据此可知这篇名文是作者在宋仁宗至和元年(1054 年)写的。当年四月，王安石从舒州（今安徽潜山市）通判任上辞职，在回家探亲途中游览了褒禅山，同年七月以追记形式写下此文。作者叙述他和几位同伴游褒禅山所见到的景物，以及游山经过，并以此为喻，说明要实现远大理想，在研究学问上要“深思而慎取”。四年后的宋仁宗嘉祐三年（1058 年）他给宋仁宗上万言书，主张改革政治。青年时王安石就有志于改变北宋“积贫积弱”的局面，推行富国强兵政策。但他也认识到，改革不可能一帆风顺，必将遇到重重阻碍，要成功，“志、力、物”缺一不可，但“物”与“力”不可强求，一个人要想对社会有所贡献，能做的只有“尽吾志”。“尽吾志”正是王安石后来百折不挠实行变法的思想基础，也是他关于文章应“有补于世”“以适用为本”思想的具体体现。

◎赏析

《游褒禅山记》是王安石在宋仁宗至和元年 (1054 年) 任舒州通判时写的一篇叙议结合的游记，叙述他和几位同伴游褒禅山的经过，并借此生发议论，说明要实现远大理想，成就一番事业，除了要有一定的物质条件外，更需要有坚定的志向和顽强的毅力，并提出治学必须采取“深思而慎取”的态度。

第一段是说明褒禅山命名的由来。

“褒禅山亦谓之华山，唐浮图慧褒始舍于其址，而卒葬之，

以故其后名之曰‘褒禅’”，文章紧扣题目，开门见山地说明褒禅山又叫华山，接着追述之所以命名为褒禅山，是因为唐朝有一个名叫慧褒的和尚，先是住在华山之下，死后又葬在华山之下，所以华山被叫作褒禅山。

“今所谓慧空禅院者，褒之庐冢也”，作者由远及近，当追溯了褒禅山命名的由来之后，就把笔墨转向眼前所见的慧空禅院上来。说明如今看到的慧空禅院，就是当年慧褒禅师居住的房舍和坟墓之所在。因为这毕竟是一篇游记，所以当写到慧空禅院之后，便以它为基点，重点记叙褒禅山的名胜“华山洞”。

“距其院东五里，所谓华山洞者，以其乃华山之阳名之也”，这三句，说明华山洞的方位及其命名的由来。

“距洞百余步，有碑仆道，其文漫灭，独其为文犹可识曰‘花山’”，这是写距华山洞百余步倒在路旁的石碑，以及碑文的情况。“其文漫灭”一句，从字面上来看，是说由于年代久远，字迹已经模糊不清。其实，也是为了突出其中尚可辨识的“花山”二字。

“今言‘华’如‘华实’之‘华’者，盖音谬也”，之所以要突出“花山”二字，在于纠正今人把“花山”之“花”误读为“华实”之“华”的错误。之所以要纠正今人读音的错误，又旨在为下文发表感想和议论埋下伏笔。

第二段是记叙游览褒禅山后洞的情形。这段承接第一段华山洞的方位和命名，进一步分别华山洞的前洞和后洞。

“其下平旷，有泉侧出，而记游者甚众，所谓前洞也”，虽有美景但不险绝，不足以游，所以一笔带过。

“由山以上五六里，有穴窈然，入之甚寒，问其深，则其好游者不能穷也，谓之后洞”，后洞与前洞相比，则迥然不同，它不像前洞那样平坦广阔，游人举足可到，它在山上面五六里的幽深之处，需要花费气力才能到达，而且洞内极寒，所以即使喜欢游览的人，也不能穷尽它的尽头。然而唯其险绝，才有奇观。因而便引起了作者与同游者的极大兴趣。

“余与四人拥火以入，入之愈深，其进愈难，而其见愈奇”，于是他们拿着火把走了进去，走得越深，行进越艰难，而所看到的景物也就越加美妙。可是行进的艰难与景物的美妙形成了矛盾。

“有怠而欲出者，曰：‘不出，火且尽。’遂与之俱出。盖余所至，比好游者尚不能十一，然视其左右，来而记之者已少。盖其又深，则其至又加少矣”，同游者之中有倦怠而想出来的人说：“不出去，火把就要烧灭了。”这么一说，大家就随着他一起走了出来。一旦走出洞后，作者却深有感慨，慨叹自己所到达的地方比起喜欢游览的人，还不到十分之一，然而在洞的左右壁上，题字留念的人已经很少了。如果再往深处走，到达的人就更少了。这说明没有大志而畏于艰险的人，是不能够深入险境而窥视到异观的。因而又回顾起自己在洞里还没有出来的时候。

“方是时，余之力尚足以入，火尚足以明也。既其出，则或咎其欲出者，而余亦悔其随之，而不得极夫游之乐也”，当决定从洞内退出时，我的体力还足够支撑前进，火把还能够继续照明，只是听了倦怠者的话，随着走出洞来，而不能极尽游览之乐。目的不达，满腹憾恨之情溢于言表，从而引出下文的感叹。

第三段写未能深入华山后洞所产生的感想和体会。

“于是余有叹焉”，奠定了全段的基调，为展开议论作了带有浓厚感情色彩的转折。

“古人之观于天地、山川、草木、虫鱼、鸟兽，往往有得，以其求思之深而无不在也”，就古人来说，他们观察天地、山川、草木、虫鱼、鸟兽，往往都有所得，这是因为他们对事物观察思索得深切，而没有探索不到的地方。作者称引古人，是为了借古鉴今。不言而喻，今人行事，要想有所收益，也必须具有古人那种探索的精神。但事实上，并不是人人都具有这种精神的。

“夫夷以近，则游者众；险以远，则至者少”，就以游览风物来说，这种现象，正是缺乏探索精神的表现。而天下奇异雄伟、异乎寻常的景物，又常常在险远之处，人们却又很少能够到达，那也就不可能看到奇景异观了。

那么怎样才能看到奇景异观呢？作者进而又从三个方面加以论说。

一是“而世之奇伟、瑰怪，非常之观，常在于险远，而人之所罕至焉，故非有志者不能至也”，这里强调了一个“志”字。只有胸怀大志，才有可能到达理想的境地。

二是“有志矣，不随以止也，然力不足者，亦不能至也”，有了大志，不随随便便地裹足不前。这里又强调了一个“力”字。这个“力”，是指气力。如果气力不足，像“有怠而欲出者”那样，也是不能到达理想境地的。

三是“有志与力，而又不随以怠，至于幽暗昏惑而无物以相之，亦不能至也”，这里强调了一个“物”字。这里所说的“物”，是指火把之类的借助之物。当游览者走进昏暗之处的时候，如果不借助火把之类的物来照亮前进的道路，也是不能到达理想境地的。

总之，只有具备志、力与相助之物这三个条件，才能到达理想的境地。这是就正面来说的。

反面来说就是，“然力足以至焉，于人为可讥，而在己为有悔”，力量足以达到目的而未能达到，在别人看来是可以嘲笑的，对于自己来说也是有所悔恨的。

“尽吾志也而不能至者，可以无悔矣，其孰能讥之乎”，如果竭尽了自己的志气，也仍然达不到，也就没有什么可悔恨的了。这样，谁还能讥笑他呢？作者从正反两方面把道理说得清清楚楚。

“此余之所得也”，以上就是作者游览华山后洞之后的心得和体会。这个心得和体会，是十分深刻的，它的客观意义远远超过了游览，而可以用之于从事一切事情。

第四段写由于石碑而引起的联想。

“余于仆碑，又以悲夫古书之不存，后世之谬其传而莫能名者，何可胜道也哉”，作者从石碑上尚可辨识的“花山”之“花”字，今人误读为“华实”之“华”，从而联想到古籍，从山名的以讹传讹，联想到古籍的以讹传讹，使作者触目伤怀，慨叹不已。

“此所以学者不可以不深思而慎取之也”，所以作者提出对待传闻要“深思”而“慎取”，这个提法也很精辟。它对学者整理和研究古籍，鉴别其真伪，恢复其本来面目，不仅是必要的，而且也是有指导意义的。

“四人者：庐陵萧君圭君玉，长乐王回深父，余弟安国平父、安上纯父。至和元年七月某日，临川王某记”，这是记同游者姓名和写作时间。

从以上简略的叙述和分析不难看出，本文虽以游记命题，但所写重点却不在于记游，而在于写作者在游览中的心得和体会，并着重写了两点：一是写华山山名的本末；一是写游览华山后洞的经过。

写华山山名的本末时，从今人对“花山”读音之误，联想到对古籍的以讹传讹，从而指出对古籍要持“深思而慎取”的态度。这既是对当时学者的劝勉，同时也是作者自己治学态度的写照。王安石在治学方面，颇多创见，不为前人之见所束缚。这些见解，又都是为他打击旧党，推行变法革新服务的。因而也可以说他的变法革新的理论和实践，正是他认真总结历史的经验教训，“深思而慎取”的结果。

写游览华山后洞的经过时，从“入之愈深，其进愈难，而其见愈奇”，游者也随之越来越少的情况，进而论述了“世之奇伟、瑰怪，非常之观，常在于险远”，要想看到“奇伟、瑰怪，非常之观”，就必须有不畏艰险，一往无前的坚强意志，同时还要具备足够的实力和可资凭借的外界条件。他这种力图精进、永攀高峰的精神，同他后来在变法革新中不怕围攻、百折不回的表现也是完全一致的。这种积极进取精神，同他的变法革新，虽有其不可避免的历史的和阶级的局限，然而却能给人以有益启示和鼓舞。

该文具有记游为辅、议论为主的特点，作者在记游中写什么、不写什么，以及怎样写，都是经过周密考虑、严加取舍的。文中所写华山、慧空禅院、仆碑和华山前洞，由于都不是重点，所以一笔带过。而它们的出现，又都是为写华山后洞，特别是写游华山后洞作铺垫过渡的。详其所详，略其所略，对游华山后洞，则刻意做了较为细致的记叙。

本文的写作技巧也是比较高明的。既然重点不在记游，而在写游览中的心得体会，所以在材料的取舍上、行文的组织安排上，作者是颇费一番切磋琢磨心思的。作者在记游中，处处为写心得体会搭桥铺路，使记游与心得体会十分和谐自然地结合起来。

◎轶闻异物录

王安国

王安国（1028 年— 1074 年），字平甫，北宋临川（今江西省抚州市临川区）人。王安石之弟，北宋政治家、诗人。

王安国自幼聪颖上进，虽未曾从师入学，写出的文章却极有条理。十二岁时将其所写的诗、铭、论、赋数十篇向人展示，观者无不惊叹其文采超群。他的《题滕王阁》一诗是在十三岁时登滕王阁所作，诗中言尽而意不尽，极有韵味。从此，他的文章在士大夫和文人中流传，并得到好评。而他也更加奋发读书，对诗文、辞赋更有精进。他虽然多次参加应试，但因仕籍纠葛，又不愿倚仗其兄王安石之势谋取功名，因而未能中第。为此，欧阳修曾有诗说："自惭知子不能荐，白首胡为侍从官。"在参加茂才考试时，负责考选的官员将其所写的文章列为第一，然终未能参加进士考试。

因是王安石胞弟，宋神宗熙宁四年 (1071 年) 王安国任满回京时，宋神宗召见，询问外界对王安石变法的反应。王安国对王安石变法不甚理解，颇有微词，直说道："恨之人不明，聚敛太急耳！ (外面说他用人不当，敛财太急了)"这与宋神宗的想法相悖，神宗不悦，未予重用，只授予崇文院校书，后改为著作佐郎秘阁校理，世称王校理。

王安国对变法由不理解到反对，因而对支持王安石变法的吕惠卿和曾布也很有意见，当王安石劝他少沉溺于吹笛时，他则要其兄远小人。吕惠卿对此非常气愤，宋神宗熙宁七年 (1074 年)，趁王安石罢相，自己担任参知政事之机，借郑侠以《流民图》反对新法下狱事，指称王安国与郑侠属同党，将其削职放归乡里，"天下之人皆以为冤"。不久，朝廷决定再次起用他时，他却不幸因病亡故。熙宁七年 (1074 年) 八月卒，年四十七。其后裔曾孙王仕荣迁居临川荣山乡，曾孙王仕显迁居东乡蒿源、浯溪一带。

伤[1]仲永

金溪[2]民方仲永，世隶[3]耕。仲永生[4]五年，未尝识[5]书具[6]，忽啼求[7]之。父异[8]焉，借旁近[9]与[10]之，即书诗四句，并自为其名。其诗以养[11]父母、收族[12]为意[13]，传一[14]乡秀才观之。自是指[15]物作诗立就[16]，其文[17]理[18]皆有可观者。邑人[19]奇[20]之，稍稍[21]宾客[22]其父，或以钱币乞[23]之。父利其然[24]也，日[25]扳[26]（pān）仲永环[27]谒[28]于邑人，不使学。

余闻之也久。明道[29]中，从[30]先人[31]还家，于舅家见之，十二三矣。令作诗，不能称前时之闻[32]。又七年，还自扬州，复[33]到舅家问焉。曰："泯（mǐn）然众人矣[34]。"

王子[35]曰：仲永之通[36]悟[37]，受[38]之天[39]也。其受之天也，贤[40]于[41]材[42]人远矣。卒[43]之为众人，则其受于[44]人者不至[45]也。彼其[46]受之天也，如此其贤也，不受之人，且为众人；今夫不受之天，固众人，又不受之人，得为众人而已[47]耶[48]？

◎注释

① 伤：哀伤，叹息。

② 金溪：地方名，今在江西金溪，是王安石外祖父吴玫的家乡。

③ 隶：这里是属于的意思。

④ 生：生长到，成长。

⑤ 识：认识。

⑥ 书具：书写的工具笔、墨、纸、砚等。

⑦ 求：要。

⑧ 异：对……感到诧异。

⑨ 借旁近：就近借来。旁近，附近，这里指邻居。

⑩ 与：给。

⑪ 养：奉养，赡养。

⑫ 收族：谓以上下尊卑、亲疏远近之序团结族人。收：聚、团的意思。

⑬ 意：中心主旨，文章大意。

⑭ 一：这里是全的意思。

⑮ 指：指定。

⑯ 就：完成。

⑰ 文：文采。

⑱ 理：道理。

⑲ 邑人：同乡县的人。

⑳ 奇：对……感到惊奇，奇怪。

㉑ 稍稍：稍微，渐次，逐渐。

㉒ 宾客：这里是以宾客之礼相待的意思。宾：这里是做状语。

㉓ 乞：这里是求取的意思。

㉔ 利其然：认为这样是有利可图的。利：认为……有利可图。

㉕ 日：每天。

㉖ 扳：通“攀”，牵，引。

㉗ 环：四处，到处的意思。

㉘ 谒：拜访。

㉙ 明道：宋仁宗赵祯年号（1032 年—1033 年）。

㉚ 从：这里是跟随的意思。

㉛ 先人：指王安石死去的父亲。

㉜ 前时之闻：以前的名声。

㉝ 复：又，再的意思。

㉞ 泯然众人矣：完全如同常人了。泯然：消失，指原有的特点完全消失了。众人：常人的意思。

㉟ 王子：王安石的自称。

㊱ 通：通达。

㊲ 悟：聪慧。

㊳ 受：接受。

㊴ 天：先天。

㊵ 贤：胜过，超过。

㊶ 于：这里是比的意思。

㊷ 材：同“才”，才能。
㊸ 卒：最终。
㊹ 于：被。
㊺ 不至：没有达到要求。至：达到。
㊻ 彼其：他。
㊼ 已：停止的意思。
㊽ 耶：表示反问，相当于“吗”“呢”。

◎译文

金溪有个叫方仲永的人，家中世代以种田为业。仲永长到五岁时，不曾见过书写工具。忽然有一天仲永哭着索要这些东西。他的父亲对此感到非常诧异，就从邻居那里把那些东西借来给他。仲永立刻写下了四句诗，并题上自己的名字。这首诗以赡养父母和团结同宗族的人为主旨，传给全乡的秀才观赏。从此，有人指定事物让他作诗，方仲永立刻就能完成，并且诗的文采和道理都有值得欣赏的地方。同县的人们对此都感到非常惊奇，渐渐地都以宾客之礼对待他的父亲，有的人花钱和送礼物求方仲永写诗。方仲永父亲认为这样有利可图，就每天领着仲永四处拜访同县的人，不让他学习。

我听说这件事很久了。明道年间，我跟随先父回到家乡，在舅舅家见到方仲永，他已经十二三岁了。我叫他作诗，写出来的诗已经不能与从前的名声相称。又过了七年，我从扬州回来，再次到舅舅家去，问起方仲永的情况，舅舅说：“他的才能完全消失了，和普通人没有什么区别了。”

我对此想说：方仲永的通达聪慧，是先天获得的。他的天赋，比一般有才能的人要优秀得多；但最终成为一个平凡的人，是因为他后天所受的教育还没有达到要求。像他那样天生聪明，如此有才智的人，没有受到后天的教育，尚且成为平凡的人；那么，那些本来就不天生聪明，本来就平凡的人，又不接受后天的教育，难道还能成为普通人吗？

◎创作背景

宋仁宗天圣三年（1025年），方仲永无师自通，提笔写诗，震动乡里。宋仁宗明道二年（1033年），与方仲永同龄的王安石跟随父亲回金溪探亲,在舅舅家遇见了方仲永。他请方仲永作了几首诗，但他有些失望，因为“神童作家”并不像传说中的那么聪明。宋仁宗康定元年（1040年），王安石再次到金溪探亲。此时方仲永已做回了农民。宋仁宗庆历三年（1043年），王安石从扬州回到临川，想起方仲永的遭遇，写下《伤仲永》一文。

这篇议论文，先叙后议，在事实叙述的基础上立论，事实成为立论的依据。第一、二两段只叙不议，为第三段的议论服务，后面的议论，集中而强烈，言简意赅，如画龙点睛，使前面所叙的事实立即升华而具有典型意义。

◎赏析

这篇文章讲述江西金溪名叫方仲永的神童因后天父亲不让他学习和被父亲当作赚钱工具而沦落到一个普通人的故事。文章借仲永为例，告诫人们决不可单纯依靠天资而不去学习新知识，必须注重后天的教育和学习，强调了后天教育和学习对成才的重要性。

第一段叙述神童方仲永的故事。

“金溪民方仲永，世隶耕”，方仲永是金溪人，世代耕田。金溪是王安石外祖父吴玫的家乡。“世隶耕”三字是对下文“未尝识书具”“不使学”的必要铺垫，既衬托了方仲永的非凡天资，又暗示了造成他命运的家庭背景。

“仲永生五年，未尝识书具，忽啼求之。父异焉，借旁近与之，即书诗四句，并自为其名”，方仲永天赋特异，五岁不曾见过笔墨纸砚这些东西,但给笔就能写诗。一个“啼”字，生动地写出方仲永索求书具的儿童情态；“忽”“即”两个副词，使一个天资非凡、文思敏捷的神童形象跃然纸上。

“其诗以养父母、收族为意，传一乡秀才观之”，方仲永创作的这首诗是以供养父母、团结族人为内容，此事传出后，全乡的秀才都来观看。首次作诗就有这么大的影响力，更突出了方仲永的天赋异禀。

“自是指物作诗立就，其文理皆有可观者”，从此，人们指着东西让他作诗，他挥笔而就，文采与道理都有可取之处。像方仲永这样没有从师学习就能取得这么好的文学成就，与下文成为普通人形成反差，进一步突出教育和学习的重要性。

“邑人奇之，稍稍宾客其父，或以钱币乞之。父利其然也，日扳仲永环谒于邑人，不使学”，文中的“利”字很有分量，突出其父“不使学”的原因，更暗示急功近利对人才的危害。“日扳仲永环谒于邑人”，仅一句话就刻画出方仲永父亲贪图小利而自得的可悲可叹、愚昧无知之态。“不使学”是仲永由天才变为平庸的关键，是本文议论的中心。

第二段，从作者亲自见闻的角度简略交代了仲永从神童沦为“众人”的过程。仅以一“见”一“闻”一“问”就交代了方仲永后来的变化和结局。

“余闻之也久”，承上启下，一方面显示上段所写的内容即据传闻而得，另一方面引出亲识其面的愿望。由此作者写了两次见闻。

“明道中，从先人还家，于舅家见之，十二三矣。令作诗，不能称前时之闻”，这是第一次。虽然早有耳闻，但是作者第一次见到方仲永是在舅舅家，当时仲永已经十二三岁了。暗示在这六七年中，仲永的诗才毫无长进。如果说，五六岁儿童作的诗尽管稚拙，人们尚觉可观，那么六七年后写得反而不如以前听说的那样好，人们非但不以为奇，还会觉得之前听到的传闻是名不副实的。

“又七年，还自扬州，复到舅家问焉。曰：‘泯然众人矣’”，这是第二次，在方仲永二十岁时。这次并未见面，只是听舅舅说：方仲永完全跟普通人一样了。“泯然众人矣”一句话就交代了这位从前神童的结局，把说话人漠然视之的态度生动地表现出来，与先前“邑人奇之”的情况恰成对照，而作者的惋惜感慨之意也隐现其中。

最后一段是作者对方仲永由称奇的神童变成无声无息的普通人一事所发的议论，也是本篇思想的集中体现。

“王子曰：仲永之通悟，受之天也。其受之天也，贤于材人远矣”，作者首先指出，仲永的聪明颖悟是上天给予的，即来自天赋，而且他的天赋远超于一般有才能的人。

“卒之为众人，则其受于人者不至也”，仲永沦为普通人，关键原因是缺乏后天的教育和学习。这里，已将上两段所叙述的事情都议论到了。

“彼其受之天也，如此其贤也，不受之人，且为众人；今夫不受之天，固众人，又不受之人，得为众人而已耶”，这里作者就势转进一层，指出天赋这样好的仲永，没有受到后天的培养教育，尚且沦为众人；那么天赋本属平常的一般人，如果再不受教育，连做一个普普通通的人都不行。前者是宾，后者是主，在对比中更突出了一般人学习的重要性。就方仲永的情况看，这层议论仿佛是多余的，但作者主要的用意正在这里。因为在现实生活中，资质平常的人总是多数。方仲永这一典型事例的意义主要不在于说天赋好的人不学习会造成什么后果，而在于说明后天教育对一个人成长的决定意义。

这篇文章的文题为《伤仲永》，文中却未见一个“伤”字，然而全篇写的却正是一个“伤”字。可见，此文契合照应不在形式上而在内容中，而且，题内的“伤”字具有多层意蕴：

其一是表层的，为仲永这样一个天资聪颖的儿童最终沦

为一个普普通通的人而感到惋惜。

其二是感慨仲永虽有天赋，却没有遇上有利于他成长提高的环境。文中对其父以仲永为获利之资的叙写，就含有对泯灭天才的人为环境的批评。

其三是从仲永的具体事例展开，感慨社会上许多资质平庸的人不去努力学习提高，以至于连普通人都做不了。

这样，作者所“伤”的就不再局限于仲永一个人，而是许许多多的普通人，由此作者的感慨和文章的思想意义也就深刻多了。

这篇文章语言十分精当。叙事简要，议论言简意深、说理严谨。

◎轶闻异物录

古代官学

官学是指包括中国封建朝廷直接在都城举办和管辖的中央官学，以及历代官府按照行政区划在地方所办的地方官学在内的学校系统。

国家的中央官学，在汉朝正式创办。魏晋南北朝时期政局纷乱，官学时兴时废，及至唐朝，中央官学繁盛，制度完备，南宋以后逐渐走下坡路。到了封建社会后期，中央官学逐步衰败，成为科举制度的附庸，名存实亡。清朝末年，完全被学堂和学校所代替。

汉平帝时，建立了地方学校制度，并规定：郡国曰学，县、道、邑、侯国曰校，乡曰庠，聚曰序。自汉末建安以来，经魏、晋南北朝，国家经常处于战乱、分裂之中，造成官学或兴或废的状态。

隋代由于立国较短，“空有建学之名，而无弘道之实”。唐以后历朝政府都重视地方官学的发展，使地方官学十分兴盛。

王安石大事记

1. 宋真宗天禧五年(1021年),一岁,生于临川(今江西省抚州市临川区)。父亲王益,时任临川军判官。稍长,跟随父亲宦游各地,接触现实,体验民间疾苦,为其成年后立志改革打下基础。

2. 宋仁宗景祐四年(1037年),十七岁,随父入京,结识好友曾巩,曾巩向欧阳修推荐其文,大获赞赏。

3. 宋仁宗庆历二年(1042年),二十二岁,登进士榜第四名,授淮南节度判官。任满后,放弃京试入馆阁机会,调任鄞县知县,在任四年,兴水利、办学校,政绩初显。

4. 宋仁宗皇祐三年(1051年),三十一岁,任舒州(今安徽省潜山市)通判,勤政爱民,治绩斐然。宰相文彦博向仁宗举荐他,王安石拒绝。欧阳修举荐他为谏官,也被推辞。欧阳修任命他为群牧判官,不久,出任常州知州,与周敦颐相知,声誉日隆。

5. 宋仁宗嘉祐三年(1058年),三十八岁,调为度支(掌管全国财赋的统计和支调)判官,进京述职,进万言《上仁宗皇帝言事书》,提出变法主张,但仁宗并未采纳。不久,任直集贤院、知制诰,负责审查京城刑狱案件。

6. 宋仁宗嘉祐八年三月二十九日(1063年4月30日),四十三岁,因母亲病逝,辞官回江宁守丧。嘉祐八年(1063年)四月初一宋英宗即位后,召王安石赴京任职,以服母丧为由,拒绝入朝。

7. 宋英宗治平四年正月初八(1067年1月25日),四十七岁,英宗驾崩,宋神宗即位,起用王安石为江宁知府,旋即召为翰林学士兼侍讲。从此,深得神宗器重。

8. 宋神宗熙宁元年(1068年)四月,四十八岁,提出"治国之道,首先要确定革新方法"主张,获神宗认同,随后上《本朝百年无事札子》,阐释宋初百余年间太平无事的原因,指出当时危机四伏的社会问题,提出"大有为之时,正在今日"。

9. 宋神宗熙宁二年（1069 年），四十九岁，被任命为参知政事，跻身执政行列，提出当务之急在于改变风俗、确立法度，提议变法，设立制置三司条例司，派遣提举官，颁行新法。

10. 宋神宗熙宁三年（1070 年），五十岁，升任同中书门下平章事，位同宰相。他在全国范围内推行新法，开始大规模的改革运动。司马光三次写信给王安石（见《与王介甫书》），列举实施新法弊端，要求王安石废弃新法，恢复旧制。王安石回信（见《答司马谏议书》），对司马光的指责逐一反驳。随后神宗欲起用司马光任枢密副使，司马光趁机复议废止新法，神宗没答应，司马光辞职离京。

11. 宋神宗熙宁四年（1071 年），五十一岁，颁布改革科举制度法令，废除诗赋辞章取士旧制，改以经义取士。同年秋，实行太学三舍法制度。变法触犯保守派利益，遭保守派反对，围绕变法，拥护与反对派展开论辩及斗争。御史中丞吕诲控诉王安石变法十大过失，被神宗贬为地方官。但在反对派的巨大压力下，神宗认为应听取各方面的建议，王安石称病在家，继而请求辞官归隐，神宗挽留王安石。因与王安石意见不合，一大批御史、谏官相继离开朝廷。王安石提升一批拥护变法的官员。

12. 宋神宗熙宁六年（1073 年），五十三岁，在王安石指挥下，熙河路经略安抚使王韶率军进攻吐蕃，收复河、洮、岷等五州，拓地两千余里，受抚羌族三十万帐，成为北宋朝廷开疆拓土、大展神威并大获全胜的唯一战例，同时培养出王韶、章楶等杰出将领，建立起进攻西夏地区的有利战线，扭转了宋与西夏战争的局势。

13. 宋神宗熙宁七年（1074 年）春，五十四岁，天下大旱，饥民流离失所，监安上门郑侠反对变法，绘制流民旱灾困苦图献给神宗，并上疏论新法过失，力谏罢相王安石；曹太皇太后（慈圣皇后）、高太后（宣仁皇后高滔滔）向神宗哭诉“王安石乱天下”，神宗对变法产生怀疑，罢免王安石宰相职务，改任观文殿大学士、知江宁府，从礼部侍郎超九转而径授吏部尚书之衔。罢相后，王安石奏请神宗让吕惠卿任参知政事，又要求召韩绛代替自己。吕惠卿掌权后，担心王安石回朝，借郑侠案陷害王安石弟王安国，又兴起李士宁案来倾覆王安石。韩绛秘密奏请神宗召回王安石。

14. 宋神宗熙宁八年(1075年)，五十五岁，二月再次拜相。同年，完成《三经义》写作，加封为尚书左仆射兼门下侍郎，吕惠卿外调为陈州知州；复相后，王安石得不到更多支持，新法难以继续推行下去。

15. 宋神宗熙宁九年（1076年），五十六岁，多次托病请求离职。同年，长子王雱病故，王安石极度悲痛。十月，辞去宰相，外调镇南军节度使、同平章事、判江宁府。次年，改任集禧观使，封舒国公。

16. 宋神宗元丰二年（1079年），五十九岁，再次被任命为左仆射、观文殿大学士，改封荆国公。

17. 宋神宗元丰八年（1085年），六十五岁，神宗去世，宋哲宗赵煦即位，加王安石为司空。高太后在神宗时就强烈反对变法，等到自己听政后，立即起用司马光为相。司马光提出“以母改子”，全面废除新法。史称“元祐更化”。

18. 宋哲宗元祐元年（1086年）四月，病逝，享年六十六岁，获赠太傅，葬于江宁半山园。

19. 宋哲宗绍圣元年（1094年），章惇执政，配享神宗庙庭，谥号“文”。宋徽宗政和三年（1113年），徽宗追封其为舒王，配享孔庙。至宋钦宗靖康元年（1126年），又被追夺王爵，毁去配享的画像，降为从祀于庙庭。